有梦就出发

路上有惊喜

塔塔 著

廣東旅游出版社
GUANGDONG TRAVEL & TOURISM PRESS
悦读书 · 悦旅行 · 悦享人生
中国·广州

图书在版编目（CIP）数据

有梦就出发，路上有惊喜 / 塔塔著. — 广州 : 广东旅游出版社，2022.11
ISBN 978-7-5570-2850-3

Ⅰ. ①有… Ⅱ. ①塔… Ⅲ. ①游记－作品集－中国－当代 Ⅳ. ①I267.4

中国版本图书馆CIP数据核字(2022)第155731号

出 版 人：刘志松
责任编辑：龙鸿波
装帧设计：艾颖琛
封面插画：周喜玲
责任校对：李瑞苑
责任技编：冼志良

有梦就出发，路上有惊喜
YOU MENG JIU CHU FA， LU SHANG YOU JING XI

广东旅游出版社出版发行
（广州市荔湾区沙面北街 71 号首、二层）
邮编：510130
电话：020-87347732（总编室） 020-87348887（销售热线）
投稿邮箱：2026542779@qq.com
印刷：佛山市家联印刷有限公司
地址：佛山市南海区桂城街道三山新城科能路 10 号自编 4 号楼三层之一
开本：787 毫米 ×1092 毫米 16 开
字数：200 千字
印张：20.125
版次：2022 年 11 月第 1 版
印次：2022 年 11 月第 1 次
定价：68.00 元

自序

当我决定创作这本关于旅行的故事书之后，兴冲冲地拿着样张去寻找“情投意合”的出版社，这是我作为撰稿人生涯十几年来的第一次主动投稿。在杂志撰稿界小有名气的我，自然是有些傲骨和习惯的。但一位出版公司的编辑在看过我的样张眉头紧锁地对我说：“你写的这些游山玩水，也不能让人成功啊！”

听到这样的反馈时，我有些错愕，都“卷”到这程度？连出门旅行都要套路上成功学了？这种令我百思不得其解的反馈一下把我拉回到十几年前，当我鼓励好友王潇把她的成长故事撰写成书，拿着自觉不错的书稿满怀期待地找到著名出版社时，出版社的编辑说：“你是名人吗？就要出书。普通人的故事谁要看？”

是啊，当时的她和书中的主人公们不过都是些二十几岁的普通女孩，经历着与其他人相似而略有不同的成长故事，这些故事真的会有人喜欢看吗？幸运的是在一次次的拒绝之后，我们最终还是找到了喜欢这些故事的出版社，而后她的那本《趁早》成为畅销佳作并不断再版，而今距离第一次出版已经十几年，但《趁早》依然在畅销书排行榜中名列前茅，影响着诸多女性。纵观世界，J. K. 罗琳在《哈利·波特》之前也不过是位平凡的女性。而这样的故事，如今又再次上演。

人生的最终指向一定是要成功吗？而成功的标准又是什么？作为王潇的经纪人，我主要的工作是负责她的各项对外业务。对于以什么样的标准接洽什么样的工作，我们曾很认真地进行探讨。我们追溯努力工作的最终目的，思来想去将其定义为按照自己的意愿不见不想见的人、不说不想说的话、不去不想去的地方，有能力享受生活、尽情欢乐，去更多的地方，将有限的人生体验最大化。当有去到更多的地方的机会摆在眼前时，我们难道因为工作繁忙而错失这样的机会，等到成功后再去实现这个梦想吗？不！我们就要趁着容颜未老、身体康健的时候去往世界。像切·格瓦拉在《摩托日记》中所写一般——“我们的共同点，不安分的心，异想天开的勇气，和对旅途永不疲惫的热爱。”所以即使在遭遇事业低谷时，我们依然没有放弃旅行。当我们泡在蔚蓝的大海之中，热带暖阳洒在身上，王潇说：“财富自由后过得也无非是这种生活，而我们现在此刻已经拥有了。”

2020年，当新冠疫情毫无征兆地席卷世界，打破了所有人原有的生活节奏，我不得不放弃了早已定好的出行计划，但对远方的憧憬、对体验不同人生的渴望从未停止，甚至愈演愈烈。每每翻看曾经旅行时的照片和视频，无不唏嘘当年做得最正确的一件事就是从未放弃任何一次出游的机会。曾经总以为只要你愿意，就可以在48小时内到达世界上任何你想到达的地方，但现在竟然变得如此困难。新井一二三说：“以我们有限的生命经验看，人类是可以自由在全球旅行的，我们都习以为常。但如果放在几千年数万年来看，人类大跨度的自由旅行绝对只是极少数时间。”既然如此，我们何不好好利用这极少数的时间，让自己有限的生命获得最大化体验呢？

我不想标榜我曾经去过多少个国家，到达多少城市和乡村，想不出这样的数字累加有什么意义，去再多的地方也不过是短暂停留，那里的历史与荣耀都与我无关。更不想非要赋予旅行什么意义，用价值观来拔高自己，旅行于我就是满足了强烈的好奇心。我想知道照片上的风景、书中的描绘到底是个什么感觉，无论身临其境时是失望是惊喜，那都是属于我独有的记忆。当我在太平洋上看到十几只鲸鱼跃出海面，当我和朋友们搭乘着热气球落地几乎要撞到一只正在吃草的奶牛，当我在荷兰羊角村看到奇幻的画面，当我从葡萄牙驱车赶往西班牙途中捕捉到的绝美落日，当我在马丘比丘目睹一束光芒直射云雾……这些所带来的震撼远远超越我能想到的任何描述词语。还好，我去过了，我见到了。

在此，我要感谢出版社的刘社长，在这样一个低迷的旅游环境下喜欢我的故事，并愿意出版这本“没让人成功”的书。也要感谢那些出现在我书中的朋友们，因为他们的出现，我的旅行更加斑斓。更要感谢的是我的先生和孩子，让我坦然地做一个非典型的妻子和妈妈，从不以家庭为由而阻挡我去往世界的脚步。

人生中真正重要的东西大抵就是自由了。希望正在看这本书的你们，都可以拥有自由，可以拥有属于你的全世界。

目 录
CONTENTS

我所见过的世界，写在这本书里。

我未曾见过的世界，还在那里。

要在可以出发的日子动身，不要让她只停留在梦里。

将人生的体验最大化，才不负这世上走一遭。

物种起源从这里说起

第一次听说“加拉帕戈斯”这个拗口的地名，是从电影《一半是海水一半是火焰》中廖凡饰演的王耀嘴里说出。“1836年，在浩瀚的太平洋上，有一艘名叫‘小猎犬’号（Beagle）的军舰，到达了南美洲的加拉帕戈斯群岛，你知道船上坐着的是谁吗？军舰上坐的是我的偶像——达尔文。他从岛上带走了三只海龟，正是这三只海龟启发了他伟大的进化论。在三只海龟当中有一只名叫哈里的，它被带走的时候只有6岁，直到1960年它124岁时，人们才发现，原来它是一只雌性海龟，于是人们给它改名叫作哈丽雅特。直到今天，它在澳大利亚去世，享年176岁。我刚才就是为它默哀去了，因为我是一个达尔文主义者，我相信‘适者生存’。”

◎我在海上的临时居所，“银海加拉帕戈斯号”

当然，那时我年龄还小，关注点并不在此，但不知为何当再次听到“加拉帕戈斯”这个名字的时候，脑海中这段台词却是挥之不去。后来翻阅资料发现直到2006年6月22日哈丽雅特客死异乡，它的身世依然存在争议——通过DNA检测可以判断它是来自加拉帕戈斯群岛中的圣克鲁斯岛，但从航海日记上查阅，“小猎犬”号带到欧洲的龟却分别来自西班牙岛、圣玛丽亚岛和圣萨尔瓦多岛。另外台词中还有两点不容忽视的错误：一是达尔文到达加拉帕戈斯的时间是1835年；二是带走的也不是海龟，而是陆龟。

登上“小猎犬”号时的达尔文，还不是我们印象中的大胡子爷爷，而是实打实的鲜肉一枚。出生在英国的达尔文，父辈都是当地的名医。为了家族事业，16岁时达尔文被送到了爱丁堡大学去学习医学，在那里他开始对自然学科产生兴趣，整日“游手好闲”“不务正业”。达尔文爸爸看不得儿子如此“堕落”，一怒之下就又把他送到了剑桥（对，你没看错，就是一生气去了剑桥）进修神学。谁都不会想到这个神学生，一个未来的上帝追随者，会在几十年后出版震动各界的著作《物种起源》，用大量的资料证明形形色色的生物并非由上帝创造，而是通过遗传、变异，物竞天择进化而来。

回顾历史，往往很多改变世界的瞬间都是在偶然中出现必然，在必然中会交错着偶然，就像为什么是达尔文登上“小猎犬”号，而不是“达尔武”或者“达我文”呢？这就得从“小猎犬”号的船长罗伯特·费兹罗伊（Robert FitzRoy）说起。费兹罗伊本来是“小猎犬”号的大副，但这艘命运多舛的军舰在第一次航行出发没多久就不幸有船员患上了维生素C缺乏病，紧接着前任船长又发现自己拿到错误的航海地图，导致整艘船在无际的大海中不停打转，再加之英国海军有明确的规定：船长与下级不能有任何接触，最终在这种极端孤立下船长精神崩溃，最终饮弹自尽。前任船长的撒手人寰，导致接力棒传到了费兹罗伊手上，但他当时也不过是只有27岁的毛头小子。虽然升了职，但费兹罗伊还是很慌张，毕竟有前车之鉴，他很担心自己会如前任般年纪轻轻最终被孤独逼疯，所以他决定邀请一位绅士与他“红尘做伴潇潇洒洒”，下属不能聊天，绅士总可以了吧？

那应该邀请一位什么样的绅士呢？在与同伴的协商下，大家一直认为应该找一位博物学家为伴，毕竟在这趟未知的旅行中指不定会碰到什么，一位博学的“活google”是最合适的人选。于是他找到了当时著名的植物学家J.亨斯洛（John Stevens Henslow）。亨斯洛接到这个邀请时非常动心，但想到这趟遥远的旅行一去就是几年，他放不下自己的妻儿，于是介绍了剑桥刚毕业的学生伦纳德·杰宁斯（Leonard Jenyns），杰宁斯都已经到了收拾行李准备启程的地步了，但也因自己要对两个教区负责而不得不退出。亨斯洛又想到了达尔文——这个既没家庭负担又没公务在身的年轻人。

达尔文在剑桥期间神学没学咋地，但却遇到了两位重要的“贵人”，一位就是前面提到的植物学家亨斯洛，一位就是地质学家亚当·塞奇威克（Adam Sedgwick），当然塞奇威克也是由这位人脉极广的亨斯洛介绍认识的，我们所熟悉的“寒武纪”便是由他命名。当时达尔文正跟着塞奇威克去北威尔士做暑期地质考察，刚回到家就收到了亨斯洛的信。结果不言自明，达尔文当然是快快乐乐地答应了这次求之不得的航行，但在他欣然接受了这个邀请的同时也让一个人非常不爽，那个人就是他爸。

达尔文从来就不是他爸眼中的乖孩子，子承不了父业也就罢了，好不容易上了剑桥也是“学渣一族”——除了自己专业不成，其他什么都成。盘算着儿子凑合毕业得到一份牧师的工作也算是既体面又稳定，而后结婚生子倒也是一路顺遂。但要是经历这么一趟旅程，除去不体面的蛮荒之地不说，辛辛苦苦拉扯大的儿子和一帮不认识的人出门好几年，再发生个危险有个好歹……想想就很生气了，最后他爸甩下一句狠话：“你要能找个头脑清醒的人支持你去，我就同意。”本身是想给儿子来个下马威，但没想到达尔文还真找到了这么一位头脑清醒且支持他的人，也就是达尔文的舅舅、未来的老丈人约西亚·韦奇伍德二世（Josiah Wedgwood II）。韦奇伍德这个名字是不是听起来特别耳熟？对，英国著名的瓷器Wedgwood就是他们家族的品牌。从某种意义上说，韦奇伍德对达尔文的支持是重大的，这不仅限于有舅舅的劝说达尔文的父亲最终同意让儿子踏上旅程，还包括他未来将女儿嫁给了达尔文，如果没有韦奇伍德家族雄厚的财力支持，那么一直致力于研究并没有正经挣过钱的达尔文在家日子也不会过得那么舒心。但遗憾的是，由于他和表妹艾玛近亲结婚，导致先后生下的10名子女中，3人夭折3人不育，也正因为如此，这对夫妻所遭遇的丧子之痛也被那时的人看作是“忤逆上帝的惩罚”。

在达尔文的诸多著作中，有三部世所公认的经典：《小猎犬号航海记》《物种起源》以及《人类的由来与性选择》。但很惭愧的是，这三本我一本都没看过，最多也就是好奇达尔文到底在船上干了什么事，从加拉帕戈斯回来才粗略地翻了翻《“小猎犬”号航海记》，尤其当时国内还没有理想的中文版只得磕磕巴巴地读了读《*The Voyage of the Beagle*》。“小猎犬”号这次航行有着三大官方任务：任务一是考察智利、秘鲁的海岸和太平洋上的岛屿，而后进行绘制海图；任务二是利用环球旅行的机会进行一系列的计时研究；而第三个任务，也是一个非官方的任务，即遣返“小猎犬”号在1826—1830期间深入巴塔哥尼亚高原和火地岛的航行中俘虏的三位火地岛土著居民。也就是说，这艘船上即使没有达尔文，其实也会带来一些科学的成果，可能会赋予航海交通进步的意义更大一些。今天的人看来，“小猎犬”这艘军舰表面是打着科学研究的旗号，但是实际上还是一次对南美洲的扩张行径。但我觉得达尔文当时应该对此毫不知情，他在回忆录中写道：“‘小猎犬’号上的航行，是我一生中最重大的事件，它决定了我此后全部事业的道路。”当然，他的全部事业道路也从根本上改写了人类对自己、对世界的认知。

“小猎犬”号的这次航行原本计划是走三年，但实际却溜溜走了五年。即使是交通如此发达的现在，去加拉帕戈斯依然不是一件轻松的事情，我从北京出发，飞行十几个小时到达阿姆斯特丹，再从阿姆斯特丹继续飞行十几个小时才到达厄瓜多尔首都基多，而后由基多转机到加拉帕戈斯。我去加拉帕戈斯的时候厄瓜多尔还未对中国免签，甚至由于去厄瓜多尔的旅行者太少，以至于我给中国移动打电话咨询境外话费时，接线员小姐再三询问我地名有没有说错，并询问我是不是在非洲等，弄得我哭笑不得。

去加拉帕戈斯旅行，体验感与金钱和时间是成正比的。群岛由13个大岛、6个小岛、40多个岛礁组成，所有岛屿都由火山物质构成，总面积约8000平方千米。主要岛屿多数集中在南半球，它们的年龄自西向东越来越大，并且以每年一寸的速度向东移动着。在这里游玩基本上分两种形式：跳岛和邮轮。所谓跳岛就是你住在岛上的酒店，在当地旅行社报名一日游可游览附近岛屿，但实际上在群岛中只有圣克鲁兹（Santa Cruz）、圣克里斯托瓦尔（San Cristóbal）、伊莎贝拉（Isabela）、圣玛丽亚（Floreana）这四座可居住岛屿对自助旅行者开放，所以如果你想游览更多岛屿必须不停变换住宿岛屿。而邮轮游就轻松很多，吃喝住宿都在船上，省去了来回搬东西的烦恼。

选择邮轮也是有讲究的，根据国家公园的相关规定，群岛中所有的邮轮运营公司都将航线分为东线和西线两种，每周轮流运营。东线和西线各有特色，东线能看到更多动植物，西线相对水上项目更多一些。当地会把邮轮划分为奢华邮轮（Cruise ships）、豪华游艇（Luxury yachts）、头等舱（First class）、舒适型（Mid-range）、经济型（Budget）和潜水船（Diving ships），价格相对低廉的邮轮一般行程时间在4天左右，无法抵达较远的岛屿。这也就是我为什么说在加拉帕戈斯旅行，体验感和金钱与时间成正比，如果你想看到更多的动植物就要选择8天以上的行程，如果时间和预算更充裕就来个东西连线，就能把允许逛的地方都逛个遍。

虽说我是个旅行前不太爱做功课的人，但在选择邮轮上确实狠狠地下了一番功夫，不是因为别的，而是因为价格昂贵……我辛辛苦苦地飞了30个小时过来，并不想只在几个岛屿上简单的一日游，老话说“来都来了”我当然想要看到更多。于是邮轮成了我第一选择，但加拉帕戈斯像点样的豪华游艇价格就在每天800到1000美金，我怕小船容易晕，索性一咬牙一跺脚定了当地最有名的奢华邮轮“银海加拉帕戈斯”号（Silver Galapagos），五星酒店该有的设施船上一应俱全，当然价格也很滴血，8天7晚的行程花费1万多美金。

从基多飞往加拉帕戈斯一共有阿维安卡厄瓜多尔航空（Avianca）、厄瓜多尔国家航空公司（TAME）或智利国家航空（LAN-LATAM）三家公司可供选择，但无论是哪家航空公司，只要是飞往加拉帕戈斯都要走单独的安检通道，行李也会被挂上一个特殊的小牌子以示区分。不仅如此，到达机场后还要提前在专门的柜台缴纳20美金的税费，才可以领到一张表格，这张表格是出入加拉帕戈斯的重要凭证。落地后还要在机场花上100美金购买国家公园门票，国家公园是哪里呢？整个加拉帕戈斯都是国家公园，所以这100美金逃是逃不掉的。我曾看过一些游记，无论哪国人都会多多少少抱怨100美金的费用过高，但我认为如果这笔钱是用在当地的环境保护上，那么是值得的，况且100美金对比我到达这里的其他开销来说，简直是小巫见大巫。

落地加拉帕戈斯后，我作为“银海”号乘客的优越感扑面而来，在其他乘客还要排队等待旅行车接驳时，我便可以在专属休息区内饮茶乘凉吃点心。闲极无聊便来回打量起周围的乘客——未来的一周，我要和休息区内的这些人在同一空间起居生活。仔细看了周遭，好像除了我以外都是以家庭为单位，一般为父母二人带两三个孩子的配置，还有一家祖孙三代小十口人一起出行，我的天啊，这一人一万来美金，十人就十万美金，别的不知道，富裕家庭是肯定的了。

因为加拉帕戈斯没有大型码头，所以我们需要乘坐气垫小艇panga远程登船，panga在之后的几天中将作为重要的交通工具，带着我们在各岛间巡游。这是我第一次坐船旅行，见什么都新鲜，房间面积比快捷酒店的标间要大一些，沙发茶几卫生

间浴室电视各种配置一应俱全。我所在的舱位没有阳台，那祖孙三代一家人各自的房间均设有阳台，价格自然更贵了许多。我放下行李都没顾得上整理，第一件事就是跑到顶层露台吃迎宾餐，虽然还不饿，但既然包在我的船费之中，一顿我都不能落下。硬塞了几口实在吃不动了，决定船内游览一番，看看是不是和网站图片中一样，也顺道消消食。

美甲室、按摩室、健身房、气泡浴池、图书馆、酒吧……果然如酒店一般用不上的用得上的各种设施一应俱全。还没参观完船舱广播就呼叫所有旅客到休息室集合，并给每人派发一件极厚实的救生衣，原来是要做安全演习。安全演习就是将全船客人分为若干组，跟着工作人员按照规定的路线走到各自逃生船的位置，万一发生事故，需要每位乘客了解应该按照什么样的路线如何逃生，避免因为惊慌失措而像没头苍蝇一样乱撞，丢失掉宝贵的自救黄金时间。工作人员同时一再叮嘱每位乘客，在每次离船巡游时，必须翻动签到板上自己房间的小牌子，这样好保证船员了解每一位客人是否在巡游之后都安全回船。而在之后几次我去其他目的地邮轮旅行时，虽然也有这样的签到板，但不像这般强调规则，一位客人因忘记翻牌子致使船员四下寻不到人，导致整个航行延误了几小时。

1 Panga 是在加拉帕戈斯往返各岛间的重要交通工具
2 非常重要的安全演习

安全演习结束，工作人员让大家尽快回房间备好出行装备，我们在加拉帕戈斯的第一次岛间巡游即将拉开帷幕。

坐定panga后，工作人员又给每个人派发了一件救生衣，与逃生演习时橙色方块形状的救生衣不同，这次的救生衣是蓝色的，较之轻薄，橙色救生衣应该是在重大事故中才会使用，上边不但有反光条，还有救生灯，浮力相对也会更大，心中默念但愿一辈子都用不上橙色款。

几次登岛之后，我发现一个有趣的现象。除了我所在邮轮上的游客，在岛屿上完全看不到其他游客，颇有一番自家承包的感觉。明明那么多人和我同飞机飞到加拉帕戈斯，那些人去哪儿了呢？原来国家公园对各个船只在不同景点的停靠时间有着严格的要求，并不是你觉得这里好玩就能在这里多玩一会。不仅如此，还对每个时间段同一个景点能有多少人访问同样有着严格的规定，而且多数景点只划分给船只，岛宿游客无法访问，目的是最大程度上减少人类对当地动物的影响。

船方为每只小船上配备一位领队和一名摄影师，领队被称作“探险队员”，每次巡游分配的探险队员各不相同。他们并不是传统意义上的导游，除了需要经过国家公园的严格考核才能获得执照并在服装上绣有专门的标志外，更重要的是他们基本上都是带有学术背景的生物学者、地理学者、博物学者。他们从世界各地来到加拉帕戈斯并爱上这里才开始从事探险队员的工作，陪伴我的第一位探险队员詹姆斯就是如此，在美国获得生物和历史双学位后来到加拉帕戈斯旅行，而后在这里一住便是20年。其实我跟詹姆斯的交流并不多，主要是我的英文不咋地，日常交流还凑凑合合，但一些生物地理的各种名词听起来就巨费劲，但看着他滔滔不绝其他游客听得津津有味的样子，我又不甘心，就玩命使劲地听，努力想听懂更多，但凡在学校上英语课时我要有现在这股子认真劲儿，估计听起来也就不会这么费劲了。

因为英文不好便不好意思多说话，又怕自己跟“小猎犬”号前任船长似的因为没人交流而疯掉，人家说什么自己都用中文接下茬，絮絮叨叨的最终引起了祖孙三代中大孙子的注意，大孙子特别兴奋地用蹩脚中文问我：“你是中国人吗？”我狂点头，他说自己来自美国，高中的时候和父母在中国生活过一年，所以会一些中文，但回了美国就没有机会再说中文，于是问我能一直和我说中文么？我求之不得，但同时又有点自责，我明明身处语言环境之下还不好意思张口，人家却这么努力地创造练习语言的机会。而更令我意外的是，因为巡游的分组是随机的，所以我并不总能和大孙子一组，一次“落单”的时候，有个五口之家的小孩突然用特流利的中文跟我说：“大孙子那中文太次了，我听你们俩聊天好几次都听不下去了。”我瞬间有点懵，问道：“怎么？你其实也会中文是么？”“我3岁就学中文了，到现在都学10年了。”“什么？！等于我胡说八道的那些话你都能听懂？”他听完嘿嘿一笑，就朝他爸妈跑去。后来我才了解到，船上这些能支付得起高额费用的家庭大多资产雄厚，父亲职业以投资、金融、医生居多，因为看好中国的经济发展，所以这些富裕家庭的孩子多数会以中文为第二语言，听到此处我的民族自豪感爆棚。

首次巡游登陆前，詹姆斯收起笑容，异常严肃地为所有人科普加拉帕戈斯国家公园规定，这是在加拉帕戈斯必须遵循的行为准则。因为这里的动物全都不怕人，不具有躲避人类的能力，作为此地的客人，我们能做的就是尽量不要打扰到动植物原有的生活。公园规定如下：

1. 所有登上加拉帕戈斯群岛的游客都要跟随国家公园认证的专业向导进行游览。
2. 所有的游客在国家公园内不可随意行走，必须在指定的黑白木桩标记内行走。
3. 要给动物足够的空间和自由，时刻与动物保持2米距离，禁止触摸任何动物。
4. 禁止给岛上动物投喂任何食物，这些食物有可能改变它们的生活习性和繁殖能力。
5. 使用相机或录像机时，禁止使用闪光灯。
6. 禁止携带任何动植物以及食物进入保护区，其中包括禁止从任何一个岛携带动植物进入另一个岛。
7. 禁止购买和携带动植物制品，禁止捡拾诸如珊瑚、贝壳、石头、动物、植物并将其带离岛屿。离岛时将进行严格的检查，一旦发现将承担法律后果和重罚。

8. 禁止在石头和建筑物上乱写乱画，一旦发现将受到重罚。
9. 在旅途中产生的垃圾要放入背包带回，绝对不能随意丢弃任何垃圾。
10. 保护区内禁止吸烟和使用明火。
11. 加拉帕戈斯群岛禁止捕鱼和垂钓。

◎ 按照国家公园规定，我们的行进范围必须在黑白色的小木棍内

◎每个人都谨慎地和动物保持着距离

虽然有这样严格的明文规定，但总有一些人会因为个人利益而挑战底线，曾经看到一期国内非常有名的夫妇旅游自媒体在加拉帕戈斯做的节目，其中那位男士为了博眼球作所谓的“科普”，完全没有按照规定与动物保持2米距离，甚至还伸手触摸了它，一下让我对那二位异常反感，但由于他的粉丝并未了解过加拉帕戈斯的规定，所以评论中一片叫好之声，让我非常气愤。詹姆斯说过，无论是科研还是游览，任何人都没有抓动物做研究的权利。

那位男士所触碰的动物叫作海鬣蜥，关于它的记录可以追溯到1535年。计划前往秘鲁的巴拿马主教托马斯·贝尔兰加(Tomas de Berlanga)在航行中遇到了强劲洋流而“不幸”偏离了航线闯入加拉帕戈斯。这个因命运而被他发现的群岛并没有使他感到开心，相反主教发现这里没有耕地没有淡水，只有巨大的乌龟以及可怕的黑色蜥蜴从水里冒出，生活在陆地上的蜥蜴同样“硬核”，带刺的仙人掌被它咀嚼得极其香甜！在贝尔兰加主教眼中这地方简直不是地狱就是被施了咒语的地方。

贝尔兰加所描绘的从水里冒出的黑色蜥蜴，就是加拉帕戈斯群岛的主人之一——海鬣蜥（Marine iguana）。在岛上行走是要特别小心的，一方面是道路崎岖很容易摔倒，另一方面是

身体黝黑的海鬣蜥有时会藏匿于岩石后边，我们这些东张西望一个劲儿猛拍照的游客特别容易忽略它的存在，至少我所在的登陆队员有两次差点踩到它们，它们倒是镇定自若，我们却是吓到腿软。

有趣的是，你可以看到的在市面上所有关于海鬣蜥外貌的描写几乎都是“负面”的，包括达尔文在旅行记录中也将它的外形表述为“面貌狰狞、颜色乌黑、蠢笨而行动迟缓”。可我倒是觉得它虽然其貌不扬，但却莫名的可爱，甚至可以排到加拉帕戈斯中我最喜欢的动物NO.1，毕竟它是大名鼎鼎的怪兽哥斯拉的原型！电影《哥斯拉》开场的时候，那只甩着尾巴通过身体横向扭

◎黑黢黢的海鬣蜥被贝尔兰加当作从“地狱里来的恶魔”

1 2 3

1 长得超级呆的蓝脚鲣鸟，西班牙语就是“傻瓜”的意思
2 求偶中的雄性军舰鸟会让胸前的气囊膨胀成红色的球，吸引雌鸟
3 达尔文到加拉帕戈斯后见到最多的动物就是陆鬣蜥，达尔文说它很好吃

动游泳的动物就是海鬣蜥。

是的，你没看错，海鬣蜥是会游泳的，它是世界上唯一可以在海中活动的蜥蜴。达尔文发现海鬣蜥有一个与水栖习性反常的特性——它虽然能游泳但始终不会逼自己跳下水。达尔文曾多次把海鬣蜥抛到海里，但不管扔多远，海鬣蜥总会玩命地游回到岸上，即使遇到危险它也不会躲到水里。最初分析这个“反常”特性是因为海鬣蜥在陆地上没有天敌，在海里反而容易成为别人的猎物，后来随着研究的深入，根据现代科学研究分析，因为海鬣蜥属于冷血动物，所以它在海里的停留时间不能超过10分钟，否则便会肌肉破裂而亡。在这10分钟内体形较

大的海鬣蜥可以轻松地潜到海底15米（一般为1.5～5米），而它们下水的目的是吃到水中繁茂生长的红海藻和绿海藻，吃饱后立刻回到岸上晒太阳，以求让自己的体温得以迅速回升。

海鬣蜥不仅喜欢慵懒地晒太阳，还会时不时地喷出白色“大鼻涕”，当然，所谓的鼻涕其实是海水中的盐，作用类似于在海水里吃咸了，通过自己位于眼睛和鼻子间的特殊分泌腺喷出多余盐分，堆积的盐分一旦增多到挡住鼻孔，它便开始打喷嚏，声势虽然有点吓人，但又确实蠢萌得可爱。

最后一只平塔岛象龟

当初之所以挑选这么昂贵的邮轮，有一大部分原因是吃喝全包，各种餐饮无限供应，龙虾呀、螃蟹呀我是顿顿没落下来过。唯一一顿螃蟹没吃完，还是因为不知何故被强大的困意笼罩且挥之不去，本是香甜的蟹肉送到嘴里干嚼却无法下咽，最后只好放弃回到房间休息。后来我才意识到我应该是晕船了。爱晕船的不光是我，达尔文他老人家也经常晕船，因为严重的眩晕，达尔文才会更喜欢“脚踏实地”的陆地考察。但凡“小猎犬”号一靠岸，他是能不在船上待着就不待，不像我，晃晕的第一反应竟是怀疑自己是不是低血糖了？是不是食物中毒了？我得赶紧睡觉。

像我们这艘巨大的邮轮，仅仅几十位乘客，但8天的行程中途还要靠岸进行一次补给，那么过去包括“小猎犬”号在内的那些船只，一趟航行历时几年，中途吃什么呢？之前提到过误入加拉帕戈斯的贝尔兰加登岛寻找淡水和食物，结果被海鬣蜥吓个半死，到达秘鲁后就立刻给西班牙国王详详细细地写信汇报了自己的历险经过，里面提到的岛上巨龟给人留下深刻印象。但西班牙人并没“看上”这块地方，加拉帕戈斯反倒被英国海盗给相中了，这里成了海盗们极佳的隐瞒之地。既然藏身此处，海盗们就需要淡水和食物，查特姆岛（也就是今天的圣克里斯托巴岛）是群岛中唯一一个四季都可以补给淡水的岛屿，因为都嫌弃海鬣蜥相貌丑陋，没人愿意把这个性格温顺的黑家伙带到船上当食物，所以目标就瞄准了岛上另一位随处可见且性格同样温和的动物——陆龟。他们把这些陆龟带到船上，四脚朝天地堆放在船舱之中，不喂水也不给吃的，每到用餐时刻大龟吃肉、小龟煮汤。到了19世纪，来往的捕鲸船更是对陆龟进行了毁灭性的抓捕。据说有船只一次性运走700只巨龟，还有一名军舰上的水手一天内捕捉200只并带上船运走。“小猎犬”号当然也并不例外，他们同样带走了陆龟，而那只在澳大利亚活到176岁的哈丽雅特，按照我的理解，是当时还没来得及吃的小龟。

疯狂捕猎的恶果是陆龟的数量从原有的25万只急剧减少，一些岛上的龟甚至已经绝迹。当人们回过神来才发现加拉帕戈斯象龟只剩下3000只了。

所以如今来到加拉帕戈斯的我，再也看不到满地爬的巨大

◎保护中心的象龟

生物，想看到它们只能去岛上的研究中心和保护中心。圣克鲁斯岛、圣克里斯托瓦尔岛和伊莎贝拉岛都设有象龟培育中心，最有名的当属圣克鲁斯岛的达尔文研究站，闻名于世的“孤独乔治”就曾生活在此。

我的另一位探险队员珍妮说最早发现乔治的是位美国的软体动物学家约瑟夫·瓦格沃尔吉（Joseph Vagvolgyi），1971年他和妻子在平塔岛上做野外研究的时候遇到一只巨龟，因为他不是这方面研究的学者，就顺手拍了张照片。讲到此处，我忍不住地插嘴问珍妮：“这位动物学家的妻子叫什么名字？为什么是和妻子，妻子不配拥有姓名么？”我这一句话给珍妮问得有点懵，她连忙说不好意思没不知道这位妻子的名字但是愿意去查查看。她又整理了一下思路，继续讲道：后来有一次他与著名的陆龟研究权威彼得·普里查德（Peter Pritchard）共进晚餐，话题聊到了加拉帕戈斯象龟，普里查德告诉他生活在不同的岛上的象龟因为环境不同，也产生了不同的进化，比如一些因为岛上的植被长得很低，所以龟壳是半圆形；还有一些因为岛上的植物长得很高，需要抬头才能吃到树叶，龟壳就渐渐地形成了马鞍形，而平塔岛（Pinta Island）上的象龟龟壳就是马鞍形的，可惜已经绝迹，最后一次收集到平塔岛象龟的标本还是在1906年。聊到此处，约瑟夫一拍大腿，“不对啊，我在平塔岛见到了象龟，还拍了照”。听闻此事，研究人员立刻组成搜寻小队去平塔岛寻找象龟，本以为可以找到更多的巨龟，但遍寻整岛最后只找到了这仅有的一只——乔治。

为了保护乔治这只平塔岛最后的象龟，科学家把它带到了达尔文研究站。乔治从此俨然成为群岛明星，它的形象出现在邮票、货币等各处，包括探险队员大臂上的徽章也是乔治的形象，各国名流明星皇亲贵胄也必要来加拉帕戈斯一睹它的风貌。

移居到研究站的乔治也没闲着，除了“接见”宾客，还有一个重要的工作就是繁衍。从1965年实施象龟保育计划以来，研究人员已经成功地将七八个濒临灭绝的亚种降到危险系数较低的水平。例如研究人员会将生活在同岛但不同区域的雌龟和雄龟聚到一起“相亲”创造繁衍机会，之前它们很可能因为互相见不到面而无法交配。可乔治的问题就棘手很多，因为再也找不到第二只它的同类了，厄瓜多尔政府甚至悬赏1万美金向全球征求合适的雌性龟，但最终没有人领到这笔奖金。

虽然困难重重，但研究人员却从未放弃繁衍的可能。他们找来两只伊莎贝拉岛象龟，它们是从基因上被认定为最接近平塔岛的亚种，不过话说回来，真要找到合适的对象，繁衍出来的象龟也并不再是纯种的平塔岛象龟了，或者是能够通过什么基因选择的方法保存住平塔岛的基因？这我就实在不太懂了。但很多年过去，乔治对那两位“女朋友”一直不感冒，直到2008年乔治竟破天荒地与其中一位交配并成功诞下13只蛋，可惜没过多久研究中心就遗憾地宣布所有的蛋因为质量太低都不能成活。第二年国家公园再次宣布又有了一窝蛋，而且看起来很健康，乔治要当爸爸了！几个月后令人失望的是所有的蛋依然没有孵化成功。最后科学家们能想的办法都用了，包括冷冻

精子，万一以后还能发现雌性平塔岛象龟呢？但依然没有成功取得样本……总之，乔治直到离开人世那一天依然孑然一身。

2012年6月24日，乔治倒在它最爱去的水池旁边，自此后，在达尔文大道上多了一行令人心碎的黑色字：“我们目睹了一个物种的灭亡。”这不禁让人唏嘘感叹，如果没有人类的滥杀，乔治或许会像它的父辈一样，在平塔岛上慢悠悠地散步，努力地伸长脖子去够到树上的嫩叶细细咀嚼，在未来的100年间笑看风起云涌。但从乔治的个体上思量，相比为它加上凄凉的“独孤”二字，我更愿意将它比作“斗士”。种族繁衍的重任固然重要，但它是不是在为自己的生育自由而斗争呢？这让我想到了曾有几面之缘的舞蹈家杨丽萍老师也曾说过：“有些人的生命是为了传宗接代，有些是享受，有些是体验，有些是旁观。我是生命的旁观者，我来到世上，就是看一棵树怎么生长，河水怎么流，白云怎么飘，甘露怎么凝结。”乔治是不是也是一只想活出自我的象龟呢？

◎保护中心的小象龟按照出生年份编排了号码

◎Manzanillo 农场里自己安家落户的象龟

乱想归乱想，我的游览还是要继续。离开达尔文研究中心，来到了“Manzanillo”农场找象龟玩。与研究中心不同，这是一片私人领土。因为研究中心的重点还是在保育象龟方面，所以象龟们会按照年龄、地域等划分在不同的养育池内，背壳上都写好了编号，或为了防止游客触摸或为了防止小龟出逃，养育池上都锁着粗铁丝网，总有种在动物园的感觉。在农场就不一样了，当初农场主买来这片土地没多久，就发现农场里突然冒出不少象龟。原来是农场内风水极佳，丰富的水源和茂盛的植被吸引了大量岛上的象龟冲破了农场的围栏直接进驻还安了家。农场主看到原住民到来，倒也人情味十足，非但没把它们赶走，索性对外营业了起来，在这样的契机之下，像我这样的游客才有机会看到自然环境下生活的象龟。

农场很大，但能走的路并不多，走不了几步就能碰到巨龟横在路中间，此时你只有两个选择——绕路或者折返。当然如果你有充足的时间和耐心，那么还有第三个选项，跟在它的后边缓缓前行，万一人家不想走了，你就又回到了最初的两个选择。

我去农场那天的前一晚，恰巧刚下完雨，路比想象的更加泥泞，虽然农场贴心地准备了雨靴，但依然无法控制地打滑，可以说是举步维艰。一路上先是遇到七八只巨龟，倒还是可以绕开，可走到一处满是浮萍的湖畔时，一只巨龟横在路上呼呼大睡。一边是茂密到不能确定是否可以踩下去的树林，一边是不确定是土地还是水的湖畔，为了安全着想，我和团友犹豫了半天还是决定折返，可一回头，发现刚刚走过的小路上不知道什么时候又趴着一只龟，这下好了，进退两难。我抖机灵地出主意想从龟身上迈过去，但看来看去，没个两米长的腿着实不成。十来个人这下傻了眼，除了保持原地不动也别无他法，而蚊子等各种昆虫像商量好了一样向我们袭来想要饱餐一顿，只见我们一群人像触电一样疯狂地挥舞着胳膊驱赶虫子。估计身后的巨龟看着我们眼晕，僵持大约半小时后终于缓缓地转过身往回走。

◎ 就是因为它挡住了我们回去的路

待回到农场的休息区已经是两个多小时后，农场工作人员一边收雨鞋一边问我们怎么去了那么久？是不是走了太远会不会太累？我们一群人哈哈大笑，确实累，赶蚊子赶得累。农场到底有多大没看到，倒是很认真地观察了巨龟睡觉的样子。

回邮轮的路上，珍妮继续为我们科普，她说象龟数量的急剧减少，除了大肆杀戮外，外来物种的入侵也是罪魁祸首之一。1807年，一个爱尔兰人被流放到弗洛雷纳岛（Floreana），这里就成为加拉帕戈斯群岛中的第一个有人居住的岛，后来厄瓜多尔政府还把监狱设在此处，无论是流放还是犯人，只要人活着就需要开垦田地建房居住。到19世纪末，圣克里斯托瓦尔岛（San Cristóbal）和伊莎贝拉岛（Isabela）也先后建起居民点，人们为了生存带来了本不属于这里的种子和牲畜。岛上的动物本是安居乐业没什么防范之心，可外来生物却是“见过大世面”的，侵蚀着这些“原著民”。最要命的外来物种当属山羊，它们啃光了象龟所有的食物，后来政府不得不开展大规模的射杀行动。所以第一次巡游前探险队员不停强调的国家公园规则，实则是尽全力地亡羊补牢，最大限度地降低人类活动对当地生态的影响，包括我们到达加拉帕戈斯时的开箱检查，飞机消毒，甚至邮轮在进港前都被要求关闭灯光，因为灯光可能会吸引外界昆虫到达岛上，破坏当地的昆虫结构。

“可你们要知道加拉帕戈斯的环境保护进程并不是一帆风顺的！”珍妮的表情变得越发忧郁起来，“加拉帕戈斯作为洪

◎市场上的鹈鹕正在等待着鱼贩们不要的下脚料饱餐一顿

堡洋流和厄尔尼诺暖流的交汇处，海底蕴藏着丰富的海洋生物资源，有了丰富的海洋生物自然就引来了渔业发展，曾经这里为了满足亚洲人对海参和鱼翅的爱好，疯狂捕捞，甚至为了能捕捞更多的鱼类杀死海狮，只因为海狮吃鱼！后来政府为了保护海底资源限制捕捞影响到当地居民的生活，人们纷纷上街游行示威甚至打砸抢。”

“你看那边，”珍妮的手指向离码头不远处的鱼市场，鹈鹕正在呼扇着翅膀张着嘴等待着鱼贩把不要的边角料扔给它们，游客在旁边看着它们憨态可掬的样子拼命合影，“看起来是不是感觉人与动物共处的画面很温馨。”我疯狂点头。“可你有没有想过，原本它们应该是在海中捕食，而不是向商贩乞讨。你不能说这没有影响到物种的进化，至少如果没有人类在这里居住，它本身的进化方向或许不是现在的样子，更会影响到未来的样子，因为进化和改变是从来没有停止过的。”

听完珍妮的话，我有点难过，甚至觉得不应该来到加拉帕戈斯，我怎知我踩过的一片土不会像蝴蝶振翅般地掀起层层风浪呢？珍妮安慰我说，来到这里当然是有积极意义的，你没有踏上这片土地，就不会有这样的切身感受更不会反思，不光是在加拉帕戈斯，在我们到达的每一个地方其实都在悄无声息地发生着变化。

从加拉帕戈斯回来之后，我开始大量阅读相关的书籍，看到了达尔文与华莱士的故事，猛然想起看象龟时质问珍妮为什么不知道约瑟夫·瓦格沃尔吉妻子的名字。想来也是，运动赛场上被人铭记在心的永远是创造新纪录的人，其实科学界同样如此，人们总是只会记住第一个发表观点的人，而其他的人却只能成为观点论述中做出过贡献的注脚。

早在1832年达尔文在布兰卡港附近的阿尔塔角初次发现已绝灭的动物化石时，便已经对新物种如何在世界上初次出现产生了疑惑。在船上的时候他先是读了赖尔的《地质学原理》第二卷，后随着旅行中的发现不断增多，他对物种起源产生了更大的疑惑。直到1838年，在读了马尔萨斯（Thomas Robert Malthus）的《人口论》（*An Essay on the Principle of Population*）后，让他醍醐灌顶豁然开朗。他将马尔萨斯对人类生存竞争和几何级数的思想运用到动植物身上思考，得出了自然选择的理论。但他为什么没有立刻发表自己的观点而是等了20年呢？一方面，物种起源这个学说想要站住脚跟，需要有大量的证据作为支撑，哪怕一个细节的偏差都会让整个理论崩塌。另一方面，也是我认为更重要的是，那时可是19世纪啊！他可是一位神学学生！当时的人们还在坚信上帝造物，当他的发现与信仰背道而驰时，是多么大的冲击，甚至是“忤逆”，所以你可以在他的《“小猎犬”号航海记》中看到使用词汇格外小心，前半句明明在说造物主伟大的创造，后半句便对这种造物方式产生疑问，但这些疑问并没有找到合适的答案。总之，旅行归来，达尔文虽然动笔写了很长时间，但一直没有做好发表的准备。

他就这样纠结到1858年，彼时一位叫华莱士（Alfred Russel Wallace)的航海家，将自己的论文寄给达尔文，请他帮忙检阅一下，结果达尔文发现华莱士提出的理论几乎和自己一模一样。达尔文当时就感觉到不能再这么谨小慎微下去，再不站出来，不仅仅是荣誉，这几十年来的研究成果也仅仅会成为别人理论中的注解论述。

华莱士这人也是超厉害的，他1823年出生，等于他提出理论的时候才30多岁，他和达尔文不同，自小家境贫寒很早就出来就业谋生，而后通过阅读大量书籍自学成才。结识达尔文也是因为他之前发表过一篇关于物种起源的论文在学术界并没有得到关注，因此很失望就写信给达尔文请教。达尔文在回信中提到自己研究这个领域已经20年，也幸好有这样的书信，证明了他早于华莱士开始研究。后来华莱士又寄给达尔文新论文手稿，希望他能成为自己第一位读者，就是刚才所说的掀起达尔文内心波澜的论文。虽然说达尔文和华莱士都是各自研究，并没有直接关系，但结论惊人却是相似。如果华莱士先发表出来，那么情况对达尔文是非常不利的。这种情况要是放到现在大家也能感同身受，两个风格很相似的视频或者歌曲，晚推出的那个一定会被人认为是抄袭，更何况是一个横空出世的理论，这样的巧合几率微乎其微。

最终达尔文决定授权赖尔和胡克把华莱士的论文和自己的一部分论稿呈交伦敦林奈学会，并如实地表述了这个令人尴尬的巧合。胡克看达尔文为难，给华莱士写了一封信，将林奈学会的安排都一五一十地告诉了华莱士（写到这里，我都能感受到达尔文等华莱士回信的时候有多煎熬），没想到华莱士回了一封很酷的信，表示自己并不介意林奈学会的安排，也不看重优先权问题。在之后他也曾说，自己那篇文章就是突然有了想法，整理想法后在一周内就完成并寄给达尔文的，自己那时候还是个毛躁的小伙子，达尔文却是个兢兢业业在学术上深耕的学者。冲这一点，我就觉得大家一定要记住华莱士这个名字呀！试想一下如果华莱士不是因为当初第一篇论文石沉大海，而是直接发表，或是不这么深明大义的在知道与达尔文理论相似时抢先发表，那么现在的《物种起源》会是什么样子呢？但遗憾的是，后来华莱士与达尔文走向了截然不同的研究方向，支持唯心论的华莱士也破坏了自己在科学界已经拥有的声望。

再说回达尔文这边，因为华莱士这件事的影响，他不得不放弃原本的构思，不得不将书稿中叙述的内容大量压缩，所以现在看到的《物种起源》虽然也被大家称之为巨著，但实际上只是达尔文心中“巨著”的一部分（他原本的书名就是“摘要”），它只是将达尔文的理论告诉世人，并没有非常详细地展开说明。所以现在的《物种起源》也没有太多加拉帕戈斯的影子，而是从他家养动物人工选择为例。

当达尔文把书稿全部完成时，已经是我们现在经常看到的肖像画里的样子——大胡子老爷爷。他把书稿交给了一位出版商，并一再叮嘱让其一定要看看内容再决定能否出版，毕竟他所写的内容和当时的主流观点冲突，虽然他在书中提出有悖主流观点时巧妙地运用了大量的事实，让读者自己去思考判断，但出版商看过书稿后依然震惊极了，觉得这哥们有点疯，但凭借着商人的直觉，他又觉得这书能红。就这样，在1859年，人类史上的巨著《物种起源》在达尔文结束“小猎犬”号旅行23年后，方才与世人见面。果不其然，这本书上架第一天便销售一空，更不用说这本书在学术界和人类对自我认知的重要地位。

随着“进化论”的诞生，这个隐藏在浩瀚太平洋中的小世界因而名声大噪，成为科学家们探求真理的“圣地”。在《物种起源》发行的100年后，1959年厄瓜多尔政府和查尔斯·达尔文基金会联合在加拉帕戈斯的圣克鲁斯岛上建立了查尔斯·达尔文研究中心，向厄瓜多尔政府提供环境保护的顾问服务，以保护加拉帕戈斯群岛巨龟为主要项目。1979年7月，联合国教科文组织宣布该群岛为“人类自然遗产保护区”。如今，这里成了国家公园，来这里的游客数量均由官方控制，每一位到达此处的游客必须严格遵守国家公园的规定，以最大限度地保护当地生态环境。

最大的跨步

你一步可以跨越多远？一米？两米？

我步子大，能一步跨越两个半球，不吹牛。

◎轻松脚踩两半球

小时候看过一部日剧叫《在世界中心呼唤爱》，全剧看来看去也没搞明白剧中提到的“乌鲁鲁”和世界中心有什么关系？我当年凭借浅薄的地理知识心想：世界中心不应该在赤道上么？当然了，这么多年过去了，我对地理的认知也没有迭代，依然是这么认为。

查阅地图，印度尼西亚、瑙鲁、基里巴斯、厄瓜多尔、哥伦比亚、巴西、加蓬、刚果(布)、刚果(金)、乌干达、肯尼亚、索马里、马尔代夫这13个国家都有赤道穿过，我既然都到了厄瓜多尔，那肯定要去看看赤道到底什么样，毕竟厄瓜多尔在西班牙语中就是赤道的意思。

当知道在厄瓜多尔首都基多的郊区有“两条赤道”的那一刻，我有点懵，难道厄瓜多尔被称为“赤道之国”是因为赤道多？不应该啊，赤道不就那么一条么？

坐落于距基多24千米的圣安东尼奥镇（San Antonio de Pichincha）的赤道纪念碑（Mitad de Mundo）处，就有着最著名的那条“赤道”。早在基图王国时期，当地印第安人信奉太阳神，认为自己是太阳的子孙。为了膜拜神明，他们在卡亚姆韦一带建造了圆形无顶神庙，根据阳光照射建筑内外产生的阴影分析和记录太阳活动，并推算太阳一年两次跨越南、北两半球时经过的地方，设下标志命名为“印第尼安”，寓意“太阳之路”，那种圆形神庙就可以理解为古代的太阳观测站。直到1736年，由法国、西班牙和厄瓜多尔三国13位科学家组成的测量考察团在此地进行勘测，这是在厄瓜多尔首次进行的赤道纬度测量。经过9年的不断测算，宣布赤道的位置正是“太阳之路”。不过，在测量之后当地政府也没有兴建任何标志的计划，测完就完了。

直到确定赤道位置的200年之后，也就是1936年，厄瓜多尔地理学家图菲尼奥提议建立一座纪念碑，他根据当年留下亚鲁基、哥查士基和卑钦差山3个测量点，测定了圣安东尼奥镇为兴建位置，由厄瓜多尔政府、法国美洲联合会以及墨西哥驻厄瓜多尔大使馆共同出资建立一座高10米的赤道纪念碑。这座纪念碑由棕红色花岗岩砌成，分为碑座、碑身和碑顶三部分，碑座呈正方形，四周的小石柱上刻有E、O、S、N四个西班牙文字母，分别代表着东西南北。并将对赤道测量和修建碑身做出过杰出贡献的法国和厄瓜多尔科学家们的名字篆刻于碑身之上，以纪念地球测量团首次来此处进行的科考活动。在赤道纪念碑落成以后，每年春分和秋分，印第安人都会聚集在纪念碑前举行祭祀活动。

虽然已经确定了赤道的位置，但科学家们并没有就此停止测量的脚步。1976年，联合国教科文组织和世界测量协会来到基多再次进行赤道测量，发现上一次的测量位置存在误差。1979年，卑钦查省决定拆除旧赤道纪念碑，在新测定点上建立一座新的纪念碑。但作为现代文明勘测200年纪念的赤道纪念碑具有重大的历史意义，具有保留价值，于是厄瓜多尔政府决定把纪念碑挪到原址以东9公里的卡拉卡利（Calacali），这里同样有赤道经过。

拆旧的同时，更加雄伟的新的赤道纪念碑在埃基诺西亚尔谷开始兴建，1982年8月9日新碑首期竣工。这座新碑从构造、颜色、建筑材料上等于旧碑无异，区别是比之前的大了3倍——高达30米。碑的顶端是一个直径4米半重约5吨的由锌、铝、铜、锡四种金属合制的巨大地球仪，中部自上而下圈着红色的粗铜线，标明了赤道的准确位置。碑座上清晰地刻着：西经78° 27′ 8″，海拔2483米，纬度0° 0′ 0″，磁偏角：偏东6度38分。在赤道纪念碑内可乘坐电梯到达顶部瞭望台，站在塔顶俯瞰四周景色，可以看到沿东西方向一条黄线从纪念碑底部一直向远处延伸，在黄线两边的绿地上有白石头垒成的大大的“N”和“S”两个英文字母，表示赤道线两边的北半球和南半球。

“所以，新碑就是‘第二条赤道’了吗？”我困惑地看着导游。谁知导游神秘一笑：“新碑是‘第一条赤道’，第二条就在不远处，就现在的科学勘探成果而言，第二条才是真正的赤道。”

“什么？都20世纪80年代了，还没量准？”导游的一席话让我对赤道纪念碑的兴趣跌入谷底，但是她说来都来了，还是值得去看看的，毕竟人类对科学的探索是一步步的，我应该见证这个步骤。导游说得颇有几分道理，于是我们驱车半个多小时先到达了新赤道纪念碑。进入纪念碑公园大门，十几位科学家半身雕像矗立道路两旁，一条黄色的直线从纪念碑两侧延伸，这便是之前所测量出来的赤道线，各国游

◎博物馆中的赤道线，显得有点不太正规

客饶有兴趣地在黄线上摆弄各种姿势。简单看了下四周风景，我便要匆匆离开，因为心中总是想着真正的赤道。

离开赤道纪念碑，车没开多远便是导游所说的真正的赤道所在地——太阳博物馆(Intiñan Solar Museum)。说是博物馆，但完全没有纪念碑那里的气势磅礴，大门甚至小到开车差点错过。心里一直犯着嘀咕，我不是被骗了吧？毕竟景点真假我也不知道，出门在外，人家说什么是什么。

进入太阳博物馆的小小大门，与赤道纪念碑的门庭若市不同，这里几乎看不到游客，这再次印证了我觉得自己被带到假景点的想法。十几年前我去旅游的时候，也曾遇到过假景点，旅行车上导游将即将抵达的目的地描述得天花乱坠，说是当地头号富人的老宅，让我们一车人好好见识下当年的奢靡。胃口倒是被吊到老高，一到站才发现是座依山而建的小庙，“老宅”看着比我家都新。门口摆放着用玻璃钢制成的“兵马俑”。宅中更是充斥着各种所谓的“神迹”，目的是让游客购买价格不菲的香火。而后去的一个神秘野人村，说是在深山中发现的野人部落，实际上却是一个临街而建的主题公园，里面一群身材矮小的东南亚演员扮演野人表演……接二连三地被骗，让整个旅行车的游客揭竿而起，直接投诉到当地旅游部门解决问题。但那时毕竟人多势众，还有几十个大汉撑腰，大家也就没再怕的。可现在却不一样，在这遥远的国度的郊区只有我一人，心中甚是害怕，万一不交钱不让出门呢！人为刀俎，我为鱼肉，怀着忐忑的心情我不停地东张西望。

好家伙，没走几步就给我吓了这一大跳，原来博物馆园区虽不大，但被规划为两个区域：一部分是印第安文化展，一部分是赤道展示。印第安文化展的第一站是雨林生活，雨林生活别的没有，展示的全是拳头大小毛茸茸的蜘蛛、几米长的巨蟒，还有能通过尿道进入人身体的鱼……这些令人毛骨悚然的恐怖雨林生物吓得我一刻都不想停留，赶紧前行，一个奇奇怪怪的东西从眼前划过，顺嘴就问了一下导游这是什么？导游指着墙上的画让我看，这一看不要紧，直接喊了一句亲娘。图中画的正是雨林中的印第安人如何将敌人的头颅制成战利品的全过程，而我看到的那个奇奇怪怪的东西正是头颅本颅，再多看一秒就要做噩梦了。

我是尖叫着逃到赤道参观区域的，这一区域由一条10厘米左右宽的红色粗线贯穿，导游说这就是赤道，之所以说这里是真正的赤道，是因为在GPS技术产生后，科学家再次对赤道位置进行了测量，发现这里才是准确的赤道。对导游的话我将信将疑，想着要是真有这样的错误，难道厄瓜多尔政府不去勘误这么引以为豪的事情么？一边是雄伟的纪念碑，一个是小小民俗村？难道赤道真是大隐隐于市？事实证明在我回国之后，疯狂搜索也没有看到关于新纪念碑再次有误的学术材料。“可能是同一纬度不同经度的地方吧”，我只能这么安慰自己。

虽然太阳博物馆的这一行程让我很困惑，但实际上并没有耽误我在赤道上玩得很开心。都来到赤道了，拍照自然少不了，我一步跨到了北半球又一步跨到了南半球，蹦来蹦去好不快活。就说我步子大没骗人吧！随随便便就在两个半球之间跨越。除了拍照外，博物馆的导游会带领游客做一些在赤道上才能做的小实验，毕竟我不做学术研究，能够真切感受到神奇就很知足。

第一项小实验是在赤道上立鸡蛋。我国早在几千年前就有“春分立鸡蛋”记载，春分这一天太阳从正东升起，正西落下，那时的太阳直射赤道，昼夜时间一样，所以在这天比平时任何时刻都容易立起鸡蛋。后又有科学家说其实立蛋和春分并没有多大关系，鸡

◎据说在赤道上能轻易立起鸡蛋，但是我没成功

蛋能不能立起来完全是看地球引力和鸡蛋本身的条件。在博物馆赤道线上有一个小小的纪念碑，碑前红线正中一颗钉子直直地扎在上面，导游让我双脚打开横跨在赤道上，双手合力就能将鸡蛋立起。导游可能每天接待游客太多早就有了肌肉记忆，讲解动作时仅仅几秒就将鸡蛋立在钉子上，我呢，各种方式都试了，死活也没将鸡蛋立起来。不过据说可以成功立鸡蛋的人会得到一张纪念卡，在纪念卡和放弃之间我选择了放弃……

接着就进入到第二个实验，导游让我闭着眼睛侧平举双臂沿着赤道线径直往前走，你会发现无论多么小心翼翼地迈步，怎么都无法沿着直线走下去。导游解释这是因为在赤道上人会受到南北极磁场力的拉扯，在各种力的作用下自然很难走成直线。我心中回怼，在哪儿闭眼睛走路我都走不直好吗？不知道是不是心理作用，亲自上阵体验后确实能明显感受到两边的胳膊有不同方向的力在扭着。

第三个实验时，导游让我随意挑选一个半球双手握拳平举，她一边提醒我要绷着劲儿，一边用力向下扳动我的胳膊。正在莫名其妙时，她又让我用同样的姿势站在赤道上。见证奇迹的时刻到了，你会发现自己的力气像被赤道吞噬了一般，导游毫不费力地就把胳膊扳下来了，据说在赤道上量体重，会比平时要轻1公斤，听到此处，怎么说呢？我爱赤道。

最后一个实验，我把它全程拍下并发布在几个社交媒体上，引来了很大的争议，当然多数是对我“无知”的冷嘲热讽，以及尖酸刻薄的“科普”，但这的的确确在我眼前发生，虽然人类经常被眼睛欺骗，但我依然相信它的神奇，就像我依然坚信霍格沃茨魔法学院是存在的，并且一直在苦苦等待入学通知书至今。

上学的时候老师便讲过，由于地球自转，北半球水形成的旋涡方向为逆时针，而在南半球为顺时针，但后又有科学证实说水流方向和容器的形状有关，与自转无关。导游让我们稍等片刻后，搬来一个立式的方形水盆和满满一桶清水，她将水盆放置在赤道中间，出水口对准赤道线，将塞子塞好，把水倒进盆中，随手摘了几片小叶子扔进水盆。她说：“我现在要拔塞子了，请注意水流的方向！”而后只见叶子随着水流直挺挺地落到桶里没有一点旋涡。而后她又将水盆搬到北半球距离赤道2米远的地方，再次拔下塞子，叶子果然随着水流形成的逆时针旋涡旋转而下。展示过后，她再次将水盆搬到赤道以南，重复之前的动作，叶子随着顺时针旋涡旋转而出。同一个水盆，同一桶水，同样几片叶子，仅仅挪动2米这对于地球来说小到几乎可以忽略不计的距离，竟然有这么大的差别。我坚信这个实验作为博物馆常规的展示项目，这种情况绝对不是偶发的。所以当我看到那些负面评论甚至谩骂的时候，不禁嘴角微微上扬，有本事来现场看啊！

当然这也让我有了新的疑惑，赤道本是一个地理学概念，它是一条人为划定的线，那这条本不存在的线到底有多宽呢？

亚马孙日记

我本是特别拒绝参团游的一个人， 一是害怕消费陷阱，二是自由散漫惯了，谁知道旅行团里都是什么人，我可不想迁就别人。但我的秘鲁、玻利维亚之旅倒是破天荒地选择了跟团，说是选择，其实是正好遇到一个高端旅行团还有最后一个名额，我借着媒体老师的名义拿到了一个好价格，机会难得，也感受一把高端旅行。

报旅行团果然是省心，签证、行程、机票、行前准备一概不用太多过问。唯一需要自己亲自办理的是入境玻利维亚时需要提前注射的黄热病疫苗，拿到传说中的“小黄本”——“疫苗接种或预防措施国际证书”方可出行，我呢，还煞有其事地连霍乱疫苗也一并服用，不为别的就为了当时正在看《霍乱时期的爱情》。

我与团友是在机场相见的，旅行团加上工作人员一共20多人，其中四五位穿着花枝招展的老年女性据说是几位阔太太，先生常年在外经商，她们则用全部的时间参加各种高端旅行团云游全球。还有几位中年男女，分别是同事、夫妻、亲家，据说其中隐藏着金融大亨，穿着朴素无法分辨。剩下的就是一对年轻夫妻和两位年轻女孩，他们就显得更加神秘一些，毕竟在本该奋斗的年纪能消费得起且有时间进行这么一场长途旅行的年轻人应该有点来头。因为提前拿到了旅行社印制的行前册，认真学习后从册中得知在这未来20多天中一位姓钱的女士会成为我的室友，便询问哪位是钱女士，领队指了指一位穿着红色冲锋衣、系着丝巾的阿姨说："那位就是钱阿姨。"我走到钱阿姨面前打招呼："阿姨您好，我是塔塔，咱们之后一个房间。"阿姨倒是热情，上来就一句："我一累就有点打呼，你能成吗?" "呃，我努力试试吧。"

团友集结完毕，准备登机。我们将从北京首都机场飞往巴黎戴高乐机场转机，然后再飞到秘鲁首都利马，全程30多个小时。这毕竟是个神秘的财富旅行团，所以全团只有我和两位亲家在经济舱，其他人均购买头等舱，本是想着自己还算年轻，熬个十几小时就到巴黎了，转机时候再活动活动腿脚，一觉睡到利马绝不是问题。可我第一航段偏偏就被安排了一个中间位置，两边各坐一位身材魁梧的男士，煎熬程度可想而知，此处就不再赘述，多说都是泪。

我们秘鲁之行的第一段旅程是探寻亚马孙河。

说起亚马孙，在前往秘鲁之前，我一直认为亚马孙是在巴西的。这条世界上流量最大、流域最广、支流最多的河流87%的流域确实在巴西，加上亚马孙河巴西流域开发较早，所以更具知名度。而秘鲁流域的亚马孙河几乎没有被开发过，依然保存着相对原始的状态。更重要的是，虽然国际上对亚马孙河源头到底在何处还存在着不少争议，也正由于源头的争议，让亚马孙河一直在世界第一长河和第二长河排位间不停摇摆，但现在较为认可的源头为乌卡亚利河（Ucayali），而我这次要探寻的正是乌卡亚利河，也就是亚马孙河源头。

想进入秘鲁的亚马孙地区，伊基托斯（Iquitos）是必经之站。从19摄氏度的秘鲁首都利马转机降落到30摄氏度的伊基托斯，一下飞机，整个旅行团的人都给热蔫儿了，大家一致决定取消原本计划的伊基托斯城市之旅，希望能尽快登上亚马孙河轮；但由于船方表示河轮还在整理中，我们还是需要在伊基托斯逗留一会，于是同意开车在城市里转悠转悠，但前提是绝不下车。要说不下车的原因，一方面是实在太热，另一方面是接待我们的车上有两位不同寻常的人，那是船方为我们配备的保镖。一个城市游览都需要保镖押车，本能地让我们觉得这个城市不一般。

事实上，伊基托斯确实不一般。在交通如此发达的现在，这个被雨林层层包围的小城，没有公路也没有铁路，如同孤岛一般，对外交通完全依靠航空和亚马孙河航运。这里于1757年设市，成为秘鲁在亚马孙河上的第一个河港，也是世界上距离海岸最远的海港。在19世纪末到20世纪初的“橡胶热”时期，这里是一夜暴富的庄园主乐园，从那时留下的建筑中依稀可见当年的声色犬马。这座不起眼的小城甚至还留有埃菲尔铁塔的“同门师弟”——巴黎铁塔设计师埃菲尔的作品铁房子（Casa de Fierro）。房子全部由铸铁制造，包括螺母在内的所有构件均为法国制造好，水运到此处。由于和巴黎铁塔同期修建，所以不确定是不是用铁塔边角料制作的房子。

可惜梦幻般的黄金年代总是一闪而过，1876年英国商人从热带雨林中秘密采集了橡胶种子，并将橡胶苗移植到东南亚，直到1914年，精明的商人们彻底“抛弃”了交通不便的伊基托斯，伊基托斯的发展陷入停滞状态。虽然萧条持续了一段时期，但石油的发现让这座小城再次热闹起来，成为自由港。石油的开采虽然让城市得以发展，但秘鲁允许跨国企业开采石油的政策遭到了亚马孙土著人的反对，他们担心雨林因此而遭到破坏，为了保护雨林甚至发生土著人与政府的流血冲突。

更要命的是，这里还是传说中臭名昭著的“银三角”毒品生产地区。伊基托斯机场是秘鲁除利马外唯一拥有国际航线的机场，曾经可直飞美国迈阿密，就是因为毒品和走私猖獗而不得不将此航线停止。这里的治安可以说是糟糕得要命，即使我们在飞驰的旅游车中照相，导游也会不断地提醒我们要看好自己的相机，以免被“飞车党”抢劫，这也是为什么要给我们配备保镖的原因。这一路上我嘴也没闲着，一会儿问人家会不会擒拿，一会儿问有没有枪……

从伊基托斯到河轮停靠的小镇，大约两个半小时的车程，一路睡得昏昏沉沉，到达码头时天已经黑到伸手不见五指，于是摸着黑急匆匆地登上小艇前往河轮所在地，四周寂静无声，一种神秘的感觉油然而生。只能依靠工作人员的手电筒光看清脚下的路。四下寂静，脚踩在木制栈道上发现吱吱呀呀的声音，小艇的马达声让远处不知名的小动物止住了鸣叫。玻璃上被浓浓水汽笼罩的河轮出现在眼前。甲板上的船员厚实的大手伸到我的面前，微笑着说：“Welcome.”今后的四天三晚我就要在这艘名为“AUQA”的河轮上度过，我给这艘船起名“水当当号”。

上船稍事休息后，便开始每次游轮旅行的首要项目——安全演习和船方介绍。河轮总监为我们介绍了船内各处设施，还特别提醒我们在睡觉的时候或许会听到水下有异样的响声，但是不用担心，虽然不知道船下会有什么生物，可封闭的环境足够安全，多听几次习惯就好。

在我还在琢磨水里都有什么怪物的时候，河轮总监又隆重介绍了几位“重要人物”——三名生长在亚马孙雨林中的探险队员，洛雷托、格雷德、托莱多，他们分别是寻找小型动物专家、寻找凯门鳄专家和寻找大型蟒蛇专家。另外一位长得白白胖胖跟弥勒佛一样乐呵呵的“隐藏高手”托马斯则是数次陪伴专业探险队伍深入雨林深处科考，具有丰富的雨林急救经验的队医。

1|2

1 亚马孙的第一天，躺在床上等天亮

2 向亚马孙的源头进发

DAY 1

由于时差的原因，我在亚马孙的第一夜并没有怎么合眼，同屋钱阿姨同样几乎没睡，我们索性把窗帘拉开，躺在船上望着窗外等待着新一天的第一缕阳光。终于熬到天光大亮，准备第一次巡游。

当乘坐的小艇离开主河道，进入静谧的支流，我们眼前几乎看不到任何河道，取而代之是大量的树木和水上植物。世上是本没有路的，我们硬开，开得多了也就有了路。此时正值亚马孙的枯水期，如腰粗的树干在很高的位置上留有重重的黑色印记，那是丰水期时的水位痕迹，水位比现在要高出1米多。工作人员有意识地关掉马达，各种动物的鸣叫声不绝于耳。洛雷托手势示意所有人都要放低声音，以免惊到雨林中的动物，然后拍拍我的肩膀，让我顺着他的手望向远处的树顶——一只树懒淡定地挂在枝头！然后他又一指，费了很大劲我

1
—
2

1 如果不是探险队员指出来，打死我都看不到动物在哪里

2 能辨认出这张照片里有什么吗？

才看见是只绿色的凯门蜥（Caiman Lizard）趴在墨绿色的树干上。洛雷托不愧是个寻找小动物的专家，随着动物越来越多，他指的速度也越来越快，但奇怪的是，很多他指的动物我都看不到在哪里，这哥们儿视力到底有多好啊！于是好奇地问他为什么可以快速地发现动物，而我却睁眼瞎，他咧嘴一笑说："平时少看点手机，你就能看到了。"

当马达声再次响起，我就知道我们需要前往下一个地点，在亚马孙的这几天，我其实一直有个事都挺好奇，明明是连路都没有，船员也没有带着导航，他们怎么知道我们的位置在哪里？又是怎么找到河轮的呢？但由于我不会西班牙语，船员不会英语，这问题也就只能埋在心里。

到了下一个地点，洛雷托神秘地掏出几根竹竿，熟练地在竹竿一端拴上小线，打开身边的小桶，里面满是切好的鸡肉条，他随便拿出了一条肉缠在鱼钩上，嘿！我们要钓食人鱼啦！在等洛雷托挂肉的工夫，我小心翼翼地扒着船边往下望，"啥也没有啊？""那你敢伸手么？"团友问我。"必须不敢啊！"

待洛雷托为所有人都拴好鱼竿，他先行示范，鱼钩刚放入水中两秒都没有他就猛地一抬竿，一条灰不拉几的鱼紧紧地咬着钩，而后他熟练地把鱼从鱼钩上摘下，也不知道从哪变出一根小木棍，刚放到鱼嘴里鱼便一口狠狠咬住一下就把木棍咬断，大家惊叫一片，而后跃跃欲试。我也学着洛雷托的样子把鱼饵放入水中，说时迟那时快立刻感到肉被撕咬，赶紧抬竿一瞧，鱼没钓到肉却没了。不甘心的我赶紧又要了一块肉，依然毫无收获，于是又要……又要，几次反复都是空手而归。此时已经有船友陆续钓上鱼来，我更着急了，是不是我已经把这片的食人鱼喂饱了啊？我得换另一边再钓！当我第无数次小心翼翼地把鸡肉放下去，啄肉感还没出现就猛地一抬竿，嘿，瞎猫碰上死耗子真让我给钓上来了！但由于抬竿实在太过用力，身体猛地向后，鱼随着线一下飞向空中到达极限又被拽回，只觉

1|2

1 钓上一条食人鱼

2 铁齿铜牙可以咬断木棍

鱼马上就拍到我的脸上，吓得我一屁股就坐在船上，小船也随之摇摆，船上的其他人也都迅猛地坐下紧紧抓住船舷保持平衡，此刻大家连尖叫都顾不上，都闭着眼睛等着船平静下来，只剩下经验丰富的船员看着我们吓坏的样子哈哈大笑。是没见过我们这么惜命的人怎么着？船下可都是食人鱼啊，我们可不想第一天就成了“白骨精”。

洛雷托说钓上的鱼中午可以煮汤，但由于我肠胃弱怕有寄生虫一口没碰，据喝了的船友说一股子土腥味，不想再喝第二口。

夜幕终于降临，我们再次踏上小艇，这次我被分配到和格雷德一条船，我心中窃喜，因为即将要做的

1|2

1 夜晚寻找凯门鳄

2 小鳄鱼的妈妈就在不远处盯着我们的一举一动

事情是寻找凯门鳄（Caiman），和凯门鳄专家在一起自然是极好的。夜晚的亚马孙河已经不能用静谧来形容，可说是安静得有些可怕，宽阔的河道上几乎听不到动物的叫声只有小船的马达声在空中回响。为了能看清航路，格雷德站在船头举着一个巨大的手电筒，这唯一的光束吸引到数不清的蚊虫前赴后继地往上撞。虫子实在太多了，我们只好紧闭嘴巴捏着鼻子眯起来眼睛，感觉只要稍微一眨眼，眼皮就能夹住小虫子。

当河道越来越窄，格雷德开始不停地用手电照射河两边的草丛。在小艇接近岸边时，他挥手让船员关闭马达，自己也关闭了手电，我们意识到他这样的举动应该是发现了凯门鳄，于是屏住呼吸在黑夜中安静地等待。当格雷德再次打开手电时，一只小小的凯门鳄出现在他的手中！夜太黑，他动作太快，完全不知道他是如何抓到鳄鱼的！船上胆子大的人纷纷开始与鳄鱼合影，坐在船尾的我刚想走过去看看小鳄鱼，没想到格雷德却迅速地将它放回水中，让船员赶紧启动马达离开。

我还没看清楚啊，怎么就放回去了？格雷德解释说，他抓小鳄鱼的时候，其实鳄鱼妈妈就在不远处，一直直勾勾地看着我们“欺负”她的宝宝，而且这只鳄鱼妈妈身形巨大，他很担心万一时间一长激怒了鳄鱼妈妈那就不是闹着玩的了，所以赶紧放下鳄鱼宝宝迅速离开才是上策。要问他发现凯门鳄的秘籍是什么？他说因为动物的眼睛在灯光下会有红色反光，就像人在闪光灯下照相出现红眼一样，用这种方法就可以找到凯门鳄。

DAY 2

第二天刚刚早上五点半，我们就已经离开河轮登上了巡游的小艇，由于时差还没有倒完，所以对我这个起床困难户来说，早起也不再是难题。之所以要这么早起，是为了观鸟，早起的鸟有虫吃嘛，我们早起的人也是有鸟看的。

坦白说我并不是很喜欢鸟，甚至有些怕这些有尖尖嘴的动物。小时候我还住在北京的胡同里，街坊养了一只大白鹅，大白鹅像当地恶霸一样每天在胡同里遛弯专门追着小孩儿啄，而我就是那个不幸的小孩儿之一，直到现在我依然能回忆起被鹅嘴咬的那种疼痛感。要不是因为我白花花的银子掏了出去，不想浪费任何一分钱，我是拒绝去看鸟的。虽然前一天也曾见过一些鸟类，但它们几乎都在树上安静地栖息着，而这天早上看到的则是另外一番景象，成群结队的白鹭从河面上低低地划过，金刚鹦鹉也从河两岸不停地飞来飞去，画面华丽到像极了

◎亚马孙河上的早餐

《里约大冒险》里的场景，探险队员们则会拿着秘鲁当地动物图鉴，时不时地翻阅给我们对照讲解，看着书中的手绘图画也就看清了那些匆匆掠过的飞鸟样子。接着就是令我未曾想到的体验开始，在这极具电影感的场景中，伴着水面上蒸发的层层雾气，我们竟然要在小艇上吃早餐啦！本以为这样的野餐是一切从简，但没想到工作人员像变魔术一样从保温箱中取出温热的瓷质餐具和刀叉，用托盘端上松饼、煎蛋、面包、火腿，当然还有热气腾腾的牛奶和咖啡。因为我乳糖不耐受又对咖啡因过敏，这些就享受不了，洛雷托递给我一瓶黄色的碳酸饮料，心想要是我妈知道我大早上起来就开始喝汽水非得说我一顿不可，在这里简直可以为所欲为。

说起这瓶菠萝口味的黄色饮料，就是秘鲁大名鼎鼎的印加可乐（Inca Kola）。在秘鲁，无论是大型超市还是山野小卖部，无论是高档酒店还是路边饭馆，到处都可以见到印加可乐的身影。当地的纪念品中无论是冰箱贴还是纪念T恤也都有印加可乐的形象标志，秘鲁人对这种饮料的爱，可见一斑。在我的理解中，秘鲁人对印加可乐的感情，犹如北京人对北冰洋、西安人对冰峰。虽然这黄到不真实的饮料像极了色素水，但实际上它的配

◎在秘鲁打败可口可乐的印加可乐

方一直处于严格保密状态，唯一可透露的是主要原料来自安第斯山区的路易萨草（Hierba Luisa，又称柠檬马鞭草）。

虽然叫作印加可乐，但是它的创始人何塞·罗宾逊·林德利(José Robinson Lindley)和印加人没有半毛钱关系，他是从英国移民过来的老外。1911年，林德利夫妇在利马开了家卖自己调配饮料的小公司，直到1935年，恰逢利马建城400周年之际，林德利推出了根据秘鲁古方改良的饮料，定名“印加可乐”，定位于印加人传统饮料，一下获得了秘鲁人民的好感。渐渐地印加可乐开始占据市场，到1970年，印加可乐已经占据了38%的市场占有率，完胜了包括可口可乐在内的所有碳酸饮料。可口可乐看见自己在秘鲁老大地位不保，想着卖不起还买不起么？1999年干脆一下买下了印加可乐制造商林德利公司51%的股权。虽然老板换成了美国人，但印加可乐依然保持着原有的味道，在秘鲁人心目中的地位也从未动摇过。

享受完这顿惬意的早餐，我们便要开往另一条支流寻找粉色河豚（Pink river dolphin）。在来秘鲁之前的行前会上，旅行社就为我们讲解过粉色河豚，但我在网上找了很多照片，多是把海豚PS成了粉色，实际上据科学家考证，粉色河豚大约1500万年前就和海洋祖先分道扬镳了。它们离开“重口味”的海洋来到口味寡淡的淡水流域，样子也渐渐进化成另一番模样。它们长得并不像海豚般美丽可爱——流线型的头已经变成了个肉球，背鳍也已经退化。据说它们几乎是个瞎子，因为在亚马孙浑浊的水中不需要使用眼睛，河豚们利用高频声波来确

◎只拍到冒出一点头的粉色河豚

定猎物的距离。而且这些河豚也不全是粉色，它们幼年的时候呈现出灰色，随着年纪越来越大，变成了粉扑扑一坨肉。在亚马孙的传说中，雄性河豚会在夜晚变成英俊的小伙子勾引村子里的女性，并让其怀孕，所以在河边出生的孩子都被当成河豚的孩子。说到此处时，洛雷托带有一丝坏笑，好像他们亚马孙人都会把粉色河豚当成一种生殖崇拜，它是强悍性能力的化身。

小艇到了一处开阔水域，洛雷托让船员不断反复地打开马达再关上、再打开再关上，目的是用声音吸引粉河豚。不一会就开始有人指着不远处喊道："Dolphin!"两只、三只、四只、五只，它们结伴冒出来，我刚举起相机，它们又迅速退入水面，刚放下相机，它们又冒出了头，再次举起相机，便又沉入水底，像是故意在捉弄我们一样，加上距离粉河豚还有一定距离，最终也没有拍到它们的全貌。我们这边还在抻长了脖子等待河豚再次出现时，一扭头看见洛雷托竟然脱掉上衣一猛子就扎进了河里。

"这能游泳吗？！"

洛雷托一边开心地划着水，一边向我们招手示意。

"不……不……不还有食人鱼吗？"我脑子中开始疯狂地涌现出各种恐怖电影里的场面，张大了嘴惊恐地看着在水中翻腾的洛雷托。估计是看我们实在没人响应，洛雷托不一会又游了回来。

"你赶紧上来吧！不怕食人鱼吗？"

"没关系的，它不会咬你的！下来玩一会吧！"

船上众人脑袋摇晃得和拨浪鼓一样，就算食人鱼不咬，染上河水里的寄生虫也够受的。

DAY 3

接下来的一天我们要去探访亚马孙当地部落，这次探访直接成了我们旅行团团员中的首次冲突的导火索。

旅行团的团员按照年龄可基本划分为老中青三代，因为年龄的差异大家也会自动把自己归在不同的小集体之中。老年人之间总是分享购物体验，中年梯队则会在喝多之后交流财富之路，而我们几个年轻人在一起只是单纯地玩耍。于是在中老年组员纷纷猜测我们几个是一群不学无术的散财“富二代”。实际上年轻夫妇中的小王是一位青年导演，他的妻子小包则是知名编剧，她的作品曾作为“国礼”用于各国文化交流；长发飘逸的樱仔是一位创业者，虽然年轻但事业却也有不俗的表现；相貌甜美的蓓蓓是一位西班牙语主持人，各大重要活动上都能看到她的身影。

探访村落的前一天，客舱总监告诉大家如果愿意，可以在河轮小卖部购买一些他们准备的礼物套装送给当地小朋友们。我开始有点犹豫要不要去买，但当我和格雷德聊天后才知亚马孙雨林中的土著人和国内很多山区居民一样，为了生活，男性多数会选择外出打工，而妇女、老人、儿童则在家中留守。因为生活在雨林深处，丰水期时这些村民是完全无法外出购买物资的，基本生活物资极度匮乏。虽然有接待旅行团的机会，但旅行团到达哪个村子是随机的，一个村子几周甚至几个月才会迎来一批游客。也正是因此，无论是河轮还是酒店，往往都会给游客准备一些牙膏手纸等必要生活物资用于购买，这样可以送给当地人使用。格雷德小时候就生活在这种村子里，但像他这样可以受教育并且考到伊基托斯上大学的孩子并不算多，如果小时候也能有游客来到他住的村子，应该是件非常快乐的事情。听完此番话我立刻动身去客舱小卖部，结果发现礼物袋已被购买一空，于是又折返房间，把从国内带来的各种零食都装到背包里，准备分给小朋友们。

到达村子的简易小码头时，孩子们早早地就站在村口等待我们这些远道而来的游客。此时刚好是丰水期向枯水期过渡的季节，村里的男人还在不断挖着路上的泥，原来在一尺来厚的污泥下是有水泥地的，只不过丰水期时水位上涨，卷来的泥沙早已吞没了原有的路，因为我们的到来，他们开始清理污泥为的是让路变得好走一些。

◎ 树上深色的部分是丰水期留下的印记

◎探访亚马孙深处的村庄，小朋友身上背的袋子，就是小包送给他们的礼物

进入村庄后我还在想着应该什么时候给小朋友零食呢？咱也没送过也不知道什么规矩，就见小包从大背包中拿出几十个布袋子，开始分发给跑来迎接我们的小朋友，原来河轮上的礼物袋让他们两口子包了。小包身边的小朋友围得越来越多，虽然很着急地伸着小手，但依然很有秩序，我和蓓蓓、樱仔也开始帮着她发袋子。这时团中的一位中年女性开始嚷嚷：

“你们这是来显什么优越性啊！最烦你们这些‘富二代’了，不知道挣钱辛苦到这里来充大佬。就你们这样的人把他们都给喂懒了！变得跟你们一样就知道张手要。”

听到此处，我们的火儿“噌”的一下就冒出来了，刚想还嘴，樱仔按住我，“甭理她，神经病。”

“就你们给他们这样好的东西，你们走了之后他们会多失落，你们能想象么？”没想到中年女依然不依不饶。

“你知道里面是什么吗？牙膏！手纸！铅笔和本，这种生活必需品怎么就给人喂懒了？”小包瞪圆了眼睛答道，“你拉完屎擦过屁股就改变一生了？”眼看着我们要急眼，周围人也开始纷纷劝架，虽然探险队员听不懂我们在吵什么但依然能感觉到剑拔弩张的气氛。于是打圆场说去看看孩子们的学校吧！

村子里民居多数是当地植物搭建的草房，唯一的一座宽敞明亮的砖房便是学校。全村的孩子都围到了教室里，开始为我们表演节目，稚嫩的小嗓子为我们唱了一首又一首西班牙语歌，作为礼仪之邦我们几个人也开始唱起中文歌送给他们，最后孩子们用西班牙语合唱《友谊地久天长》，我们用中文附和，一时间我竟然感动到差点掉出眼泪……直到探访结束，全村妇幼一同把我们送到码头，挥手道别直到我们相互再也看不见。

DAY 4

即使已经不再是丰水季，但亚马孙的天空依然像小孩的脸一样变得快，按照原定计划我们此刻应该在雨林中徒步，可突如其来的暴雨，让所有人只能待在船上干等着雨停。这是我们到达亚马孙的第四天，每天丰富的行程安排反而让我没有时间像此刻这般静静地欣赏着这条气势恢宏的大河。我们的游轮如一叶小舟般安静地停泊在雨中，听不到两岸飞鸟与走兽的鸣叫，唯有清脆的雨声洗刷着所有的浮躁。我躺在船舱的床上，透过房间内的落地窗望着岸边摇曳的树枝。在望不到尽头的密林深处蕴藏着占世界木材总量45%的树木，占全世界1/5的生物物种，植物种类和鸟类种类各占世界的一半，淡水资源占世界总量的18%，如此珍贵的生物资源宝库却因人类的需要而面临着空前巨大的危机，过度的开发与保护不当，使雨林面积正以惊人的速度减少，随之而来的则是水土流失、暴雨、旱灾、土地荒漠化等一系列环境问题，而这种环境问题不仅仅影响着亚马孙地区的生态平衡，森林面积的减少直接威胁到全球气候平衡与生物物种保护。近20年来，亚马孙地区的干旱纪录被不断刷新。巴西亚马孙热带雨林研究所（IBAM）在2011年度亚马孙热带雨林保护计划中指出，“由于人为因素，从2003年8月到2010年的8月，巴西亚马孙地区的热带雨林减少了约20万平方千米”。巴西时任环境部长的玛丽娜·席尔瓦曾在世界雨林保护大会上呼吁，“人类应该积极保护亚马孙热带雨林，当前雨林的减少速度相当于每分钟6个足球场大”。早在2006年，伍兹霍尔研究中心（Woods Hole Research Center）总结指出，由于大量砍伐森林，导致亚马孙干旱，迅速将整个地区推向一个“引爆点”，雨林将无可挽回地开始死亡。森林已站在沙漠化的边缘，将对全球气候带来灾难性影响，世界可能灭亡。

愁思之中，大雨骤停，太阳迅速地从乌云背后跳出，船方每人发了一双雨鞋，登上小艇，我们向雨林进发。其实在亚马孙的这几天，我每天最愁的就是穿什么衣服，30摄氏度的高温本应该是短衣短裤的搭配，但为了防蚊又不得不套上排汗的长衣长裤，可即使再排汗的面料也难以抵挡高温的侵蚀，汗流浃背是在亚马孙的家常便饭。为了能安全地进入雨林，我提前喷足了从祖国带来的防蚊药，期盼着雨林中的虫子大哥们讨厌我的味道而远离我。旅行社还给每个人准备了一顶样子极丑的防蚊帽——大大的帽檐下挂着一层防蚊网，这时也顾不上好看不好看了，别被虫子咬了才是第一重要。回头一看小包更是绝，竟然从国内背来一只电蚊拍，她说虫子过来她就挥，看谁敢咬她。为了保证安全，船方除了为每一小队配备一名探险队员外，还另外安排一名当地向导以及医生陪同。在进入雨林前，探险队长洛雷托反复强调我们不要随意触碰雨林中任何一种植物，也不要轻易品尝任何东西，更不要触摸你不知道的动物。

因为刚刚下过雨，地面湿滑得要命，厚厚的淤泥早就没过脚面，淤泥深的地方甚至会让半条腿陷入其中，只能在别人的帮助下才能把脚拔出。当地向导走在最前方拿着砍刀不停地劈着挡在前面的植物为我们带路，探险队员则走在队尾防止有人掉队迷路，并时不时会招呼大家停下讲解。不知道是不是因为生在雨林，与我们的全副武装形成鲜明对比的是，探险队员与向导轻松地卷起袖子，露出黝黑的皮肤，毫不惧怕蚊子的模样。太阳出来后雨林迅速升温，防蚊网帽子给我憋得喘不过气。这时，洛雷托叫我们所有人在一棵布满蚂蚁的大树处停下，右手一下就按到蚂蚁群上，不一会手上就布满了蚂蚁。好家伙！看得我密集恐惧症都要犯了！洛雷托不慌不忙地展示了下满是蚂蚁的手之后便开始使劲揉搓，他说这是雨林中的“特效药”，如果不小心遭遇蚊虫叮咬，搓这些蚂蚁可以有效地治疗和缓解叮咬后带来的瘙痒。

当我正在犹豫要不要也捏几个小蚂蚁看看时，向导从身后的密林中笑嘻嘻地钻出来，一根刚被砍下的枝条从切面不断地向外滴着水。洛雷托介绍说这就是雨林中的纯净水，如果你在雨林中迷路没有水源的时候，可以从这种植物中获取水源，说罢就把树枝拿到我和小包面前，让我们试试。我俩乖巧地张着大嘴等待着汁液滴入喉咙，其他人纷纷咨询我们什么味道，“就是水味

1
—
2

1 洛雷托说搓这些蚂蚁可以缓解蚊虫叮咬的瘙痒

2 刚提醒我们不要在丛林中乱吃，接着就喂我水喝

啊！”喝完我突然意识到，洛雷托不是说不让我们尝东西么？这怎么就给我们喂水了？完了，我会不会拉肚子啊！

洛雷托又跟向导叽里咕噜地说了很多土著语后，向导再次开开心心地钻进密林，一会儿工夫又举了根巨大的树枝出来，洛雷托说你们准备好手机拍视频啊！会有啥？他也不解释，我们傻乎乎地举起手机对准向导，向导把树枝的一端扎在泥里开始疯狂摇晃，细细树枝竟然如孔雀开屏般散开成无数细长的树叶，他把细长树叶交错地摆在地上，不一会就变成了一个方形小盘子。洛雷托说当地人一般会将这种树叶晒干再编织成日常用品和工艺品，带到伊基托斯售卖。

我们继续向雨林深处前行，洛雷托又是突然一回手让我们看叶子上有什么？原来是一只1厘米左右大小的树蛙趴在叶子上。它实在太小了，要不是洛雷托眼尖，我们肯定就会错过它。在前一天河中野餐时也同样抓到一只这般大小的树蛙，只不过那只是翠绿色，而这只身上是艳丽的红色并带有黑色的斑点。在丛林中，颜色艳丽的动物或植物往往带有剧毒，这只小树蛙亦是如此。据说土著人就是将这种树蛙的毒液涂抹在箭头上，箭扎到动物身上一招毙命。那我的问题又来了，吃这种被毒死的动物，人不会中毒么？可还没来得及问，全团的人就被小王的问题问到沉默。小王问：“这里有没有美洲豹啊？”洛雷托答：“你在雨林中有碰见一切的可能。”听到此处，大家本能地站得更近了一些。这时神奇的向导再次闪现，这回手里拿的是一条树蚺。这可中了樱仔的意，樱仔属于人狠话不多那

◎土著人会用这种浑身带毒的小树蛙的毒液捕捉猎物

1
—
2

1 夕阳中告别亚马孙

2 土著大姐的船漏水得太厉害了！

类，在国内她就喜欢养一些奇奇怪怪的爬行动物，早餐时那只绿色小树蛙就是她抓到的，第一个上手去摸凯门鳄的也是她。这条小蛇在她眼中是再可爱不过的了，上来她就把树蚺拿在手上让我们咔咔拍照。正在她各种摆pose的时候，洛雷托又压低声音让她回头，只见不远处一条快有2米长的毒蛇正在费力地吞咽着它的猎物……好嘞，我们还是赶紧离开这里吧！

什么叫“刚出狼窝，又入虎口”？就是终于从危机四伏的雨林里走出来，又开始了船方特意为我们安排的土著居民渔船体验。坐渔船算什么“虎口”呢？当地的渔船多为独木小舟，每艘能承载的游客并不多，我和钱阿姨被分配在一艘小舟上，船主人是位土著大姐。本是想亲切与大姐聊天，才发现她既不会英语也不会西班牙语，只能说土著语言，所以全程三个人只能互相傻笑，实在笑累了，为了避免尴尬我只好选择背对着她。河道上依然没有路，依然是靠小船自己撞出路，这就难为了坐在船头的钱阿姨，只能不停地躲闪突然冒出来的树枝。船向雨林中越划越深，本来还能看到其他团友的小船，慢慢的就独剩下我们这艘，心中不免给自己“加戏”忐忑起来，这要是给我卖掉怎么办啊！万一大姐是“食人族”怎么办啊！更要命的是发现大姐总是划一会就停下来一会，回头一看，才发现船在一直漏水！她停下来是为了用小桶向外舀水！她倒是习以为常，可我不淡定了，水里又有鳄鱼又有食人鱼的，我可不想命丧雨林。正在心中翻腾的时刻，突然看到我们的巡游艇和队医

AQUA

托马斯，兴奋得简直想立刻拥抱他们，而后拼命挥手想让他们过来，结果托马斯开心地比了个“耶”就这样开走了……走了……了……

ONE DAY

2016年，也就是在我结束此次亚马孙之行的整整一年后，我收到了一条不敢相信也不愿相信的消息。我们当时所乘坐的“水当当”号不幸发生了爆炸导致沉没，现场7名船员失踪，2名确认死亡。不知道其中是否有在那四天中每天把我的浴巾叠成各种小动物的服务员，也不知道其中是否有每天为我们制作美食的厨师，只愿所有人都能安好。

1|2

1 “水当当”号在2016年不幸发生爆炸沉没，希望所有人一切安好

2 这里的船员也每天用毛巾摆出不同的动物造型

神的际遇

从气温30摄氏度的亚马孙直接降落到海拔直逼拉萨的库斯科（cuzco），虽然立刻裹上羽绒服，但依然被冻得瑟瑟发抖，在动身秘鲁前早早就跑到同仁堂准备好“红景天”，并在出发前就按照说明书开始认真服用，生怕来个高反，但几经转机加上时差作祟，到库斯科时我早已算不清何时服用才算按时，会不会发挥药效也不得而知。

因为投宿的酒店位于库斯科老城的中心地带，我们租用的大巴不能进入，一行人只好拉着行李在深夜的古城中步行前往酒店。清冷的异国街道让所有人都不自觉地加快了脚步，胸闷和气短也随着脚步的加快而愈发剧烈。走到酒店时人已经开始有点晕乎乎，接过大堂服务员的欢迎饮料——一杯冒着热气的茶，几口热茶下肚身上的寒气随之消散，胸闷似乎也得到了缓解，询问这是什么茶，对方答道：“Coca Tea。”

“Coca Tea”中文名曰“古柯茶”，是当地人缓解高原反应的特色茶饮，疗效相当于咱们的红景天。古柯茶中使用的古柯叶在安第斯山系被誉为“圣草”，在库斯科无论是酒店还是餐厅，都会为客人准备用古柯叶泡好的热茶，口感和咱们一般喝的茶叶没多大区别。除去泡水喝外，秘鲁人自古就有嚼古柯叶的传统，据说可以消除疲劳治疗风湿，等等。不过在印加时代只有王族才拥有嚼叶子的特权，直到西班牙人入侵后这种习俗才在平民中得以流行。1860年德国化学家尼曼发现从古柯叶中分离出一种可使中枢神经兴奋的白色生物碱，名为“古柯碱”。而古柯碱还有另外一个令人闻风丧胆的名字——可卡因。

并不用担心我喝下的是不是“毒茶”，未经化学方法提炼的古柯叶只含有轻微的兴奋成分，要知道“肥宅快乐水”可口可乐（coca-cola）中的coca就是指的古柯叶。只不过1930年以前的可口可乐才含有古柯碱，现在的可口可乐中虽然依然使用古柯叶子，但是使用的是脱去可卡因成分的失效古柯叶。

这里还要提醒一句，在秘鲁、玻利维亚和厄瓜多尔等安第斯共同体，使用和携带古柯叶都是再平常不过的事情，完全合法。可如果你想把古柯叶带出该国国境，则将被视为贩毒。

挨过了高反加时差的第一夜，灌了一大保温杯的古柯茶，一早便动身去看望“性感女人”。当领队说我们要去“sexy woman”的时候，我还以为是什么奇怪的表演，想着不会吧！我们不是高端旅行团么？再说了这多半团的老阿姨们……结果仔细一问才知道要去的目的地叫萨克萨瓦曼（Sacsayhuaman）——发音与sexy woman极其相似。

萨克萨瓦曼位于库斯科西北郊外2公里的山上，海拔超过3701米，在克丘亚语（Qhichwa shimi）中萨克萨瓦曼是“山鹰”的意思。它依山而筑，占地4平方千米，从上到下共有3道平行的、用巨石砌成的围墙，这些围墙用30多万块深褐色巨石构筑而成，高达18米，最里层的石墙周长360米，最外层的石墙长540米，城墙上遍布坚固的堡垒、瞭望台。但可惜的是，今天游客所见的要塞只是原结构的20%。当年西班牙人占领此处不久后就把要塞给拆了，将石料运往库斯科城内盖房子。尤其在1940年左右，由于当地政府鼓励进行城市建设，基本上这里成了原石厂，城里那边需要石头了，这边就拆一点，好好的萨克萨瓦曼就此遭到了严重的破坏。

印加帝国时期，库斯科被设计成美洲豹的形状，豹子头的位置正是萨克萨瓦曼。因为西班牙人的强拆，这个要塞早已看不出豹子头的模样，剩下的城墙呈锯齿状排列，总共有22个锯齿，便是豹子的牙齿。

据《印卡王室述评》中记载，整个萨克萨瓦曼工程历经帕查库特克（Pachacútec）、图帕克·印卡·尤潘基（Túpac Yupanquì）及瓦伊纳·卡帕克（Huayna Cápac）三代印加王，动用人力约2万。最近的石料从20千米以外的穆伊纳（Muina）运来，要知道运来的可不是想象中的碎石，而是最高约5米的巨大石块。最牛的是，萨克塞瓦曼的巨石与巨石之间没有使用任何黏合物质，每块巨石之间像拼图一样切合得天衣无缝、牢固无比。这有点像我国制作木工的榫卯结构，每一处都经过精密计算，咬合完美。可印加人是没有文字的呀，他们都是通过绳结来记录事情，这要计算起来，绳子得系出多少个大疙瘩。当西班牙神父庞塞·德阿科斯塔（José de Acosta）第一次到此处时，被眼前的景象惊呆了，他说：“这些工程规模非常之大，更令人吃惊的是，他们不使用灰浆，也没有铁制或钢制工具来切割和打磨石料，更没有机械和工具来运载石料。尽管如此，石料却打磨得如此平整精细，许多地方连石块之间的接缝也看不出来……而更为令人惊叹不已的是，我讲的这道墙上的石块虽然切割得很不规则，大小不一，形状各异，堆砌时也没有使用灰浆，但相互之间接合得非常严密，真可谓天衣无缝。在完成这项工程时必然动用了大量人力，而且极为辛苦，因为多数石块大小不一，表面也不平坦光滑，要使一块巨石同另一块严丝合缝地紧密相接，非经多次试验调整不可。”

在萨克萨瓦曼游览，并不是一件容易的事情，过高的海拔让我没走几步就不得不停下来大口喘气。在这里上上下下左左右右地看来看去，除了石头还是石头，要不是它过人的个头，看多了还是容易无聊的。玩石头的“狠”国并不只有印加，古埃及的金字塔也是其中的佼佼者，尤其是用230万块巨石建造的胡夫金字塔，人家可是世界奇迹之一。但和印加的风格不同，石头在古埃及人眼中就是建筑材料，需要什么样就切割成什么样，或大或小的长方体非常利于建筑。可印加就不一样了，既然有技术把石头切割成多边形，为什么不直接一刀切个横平竖直呢？非要让它们每块各不相同，凭空给建造增加了难度系数，这让我无论如何都想不明白。当然，别说我了，印加的后人都想不明白他们的祖先是如何做到这一切的。据说曾有位印加王试图效仿前人的做法，从几公里外运来一块巨石，想要为自己树立丰碑，结果两万人牵引着巨石沿着山路艰难前行时，突然巨石滑落，一下压死了3000多人。所以多数后裔都认为这座伟大的建筑并不是人类所为，而是由造物主维拉卡查

(Viracocha)创造的，印加人只是这些巨石建筑的使用者和守护者。对于这样的传说，我也是有几分相信的，看着巨大的堡垒，人类怎么能完成呢？

在15～16世纪印加帝国的鼎盛时期，每年6月24日印加人都会在此处举行太阳神祭典，人们从帝国的各个角落携带着祭品汇聚于此，载歌载舞欢庆盛世。西班牙人入侵后祭祀庆典被禁止，直到20世纪40年代才得以恢复。现在每年的6月24日库斯科会吸引全球的游客来到此处观看庆典，这也是我最耿耿于怀的，我在库斯科的时候正是6月初，再晚个几十天就能看到庆典到底是什么样了。

回到库斯科古城，最热闹的地方要数兵器广场（Plaza de Armas），在每个西班牙殖民城市都有一座这样名字的广场，一般位于城市的中心，除了兵器广场，也必然会有几座名为圣xxx的教堂。库斯科的圣多明哥教堂（Iglesia Santo Domingo）原址就曾是印加帝国中规模最大的太阳神庙（El Templo del Qoricancha）。在印加人眼中，库斯科是一座依照神谕建造的城市。《印加王室述评》中提到印加人崇拜太阳。印加王自称是太阳神的儿子，受命管理人间。相传第一代印加王曼科·卡帕克（Manco Cápac）被太阳神安排降临在的的喀喀湖上的太阳岛，他手持一根金杖四处寻找一个可以稳稳插入金杖的地方。在前往乌鲁巴班河谷途中休息时金手杖沉到身旁的泥土之中，于是他就在此定居下来，并称此处为“库斯科”——世界的肚脐，将这里认作世界的中心，一切生命的起源。他们认为黄金的颜色和太阳的光芒相同，因而把黄金叫作“太阳的汗珠”，但也正是这些“汗珠”引来了西班牙殖民者的觊觎与毁灭性的灾难。

说到西班牙殖民者，就必须要提到弗朗西斯科·皮萨罗（Francisco Pizarro），在百度百科中皮萨罗被定性为西班牙的“文盲冒险家”“印加帝国的征服者”。他开启了西班牙征服南美洲的时代，也是现代秘鲁首都利马的建立者。在西班牙历史上，皮萨罗和墨西哥的征服者埃尔南·科尔特斯（Hernán Cortés）齐名。但对于秘鲁人民来说，他给这块土地带来的却是血淋淋的杀戮。

皮萨罗出生于西班牙的特鲁希略，家境贫寒，没有读过书，大字不识，很多书上介绍他是个小贵族的私生子，小时候给地主家放过猪。他还是在墨西哥征服了阿兹特克帝国的著名探险家科尔特斯的远房舅舅。1502年皮萨罗来到“小西班牙”伊斯帕尼奥拉岛（Isla de La Espánola）定居，并于1509年加入了新安达卢西亚总督德·奥赫达（Alonso de Ojeda）的探险队，并成为当地首领，1513年他又投奔了德·巴尔沃亚（Vasco Núnez de Balboa）探险队。1522年，巴尔沃亚从土著口中得知南方有个叫作“Biru”的大国黄金无数，这话也随即飘进了皮萨罗的耳朵里，虽然那时候的他已经成了巴拿马市长，但并不算富足的巴拿马岂能满足皮萨罗的野心？于是在他不断地努力之下，终于凑成了112人的征服团队，带着少量的印第安奴隶于1524年进行了第一次探险，但以失败告终。1526年他尝试二次出征，这次到达了厄瓜多尔，刚上岸就遭到了土著的反击，这支远征军损失惨重，连他的伙伴阿尔马格罗也被打瞎了一只眼睛。剩下的人中一部分人开始拒绝继续前进，皮萨罗不得已派阿尔马格罗回巴拿马求援，但谁知此时的巴拿马早已换了督军，新督军里奥斯根本不信皮萨罗的计划，并命皮萨罗立刻返回。

本来远征军的士气已不在线，正好督军使者召回命令，让多数士兵表示是时候回老家了。破釜沉舟的皮萨罗一不做二不休抽出腰间宝剑在地上画了一条线，说道："一边是巴拿马，一边是Biru；一边是在贫穷中苟活，一边是冒险的富足之路。你们要站哪一边自己选！"最终，有13人决定留下来，在历史上他们被称为"加略岛十三勇士"，而这一次他们真的成功了！十三勇士追随着皮萨罗到达了印加帝国的沿海重镇通贝斯——这里的富足程度远远超越了他们的想象。

1528年，皮萨罗辗转回到西班牙，并受到了西班牙国王的接见，西班牙国王对他大加赞许，并对皮萨罗以及十三勇士进行了册封，赏了大量钱财，一时间皮萨罗将名誉、地位通通揽入怀中。1531年1月年近古稀的皮萨罗带领着180人的远征军以及37匹战马和两门大炮再次出征印加帝国，用了一年的时间到达秘鲁。

而此时的印加帝国正遭遇前所未有的危机——天花。美洲大陆原本是没有这种病的，随着欧洲人的到来，天花病毒也随之而来，几次在美洲大陆大规模暴发，毫无抵抗力的原住民遭到了灭顶之灾，连印加王瓦伊纳·卡帕克（Wayna Qhapaq）

也没能逃过此劫。老国王死去，他的两个儿子阿塔瓦尔帕（Atahualpa）和瓦斯科尔（Huascar）为抢夺王位发生内战，印加帝国四分五裂。世道虽乱，但此时的印加帝国仍然有着强大的根基——600万居民和10万军队。

皮萨罗登陆印加帝国后，在沿海地区驻扎用于收集情报，之后向内陆进发，1532年11月15日到达卡哈马尔卡。他当然不会傻到用自己的这一百来号人去以卵击石，于是装出人畜无害的样子，以和平贸易为由求见印加王，并在印加王抵达约定地点之前提前布下埋伏，他将106余名步兵一分为二由自己和兄弟胡安分别带领，62名骑兵也分为两队由另两位兄弟埃尔南多和德索托指挥。

11月16日中午，阿塔瓦尔帕带领50000人的队伍前往会面地点。队伍前面是清扫道路的开道居民，然后是载歌载舞的群众，之后是抬着金银制品的印加武士，阿塔瓦尔帕在人们的簇拥之中坐着“八十抬大轿”威风无比，简直是各种排场花架子都有了，但就是没有精英部队，他甚至连武器都没有带！实在想让人吐槽印加王的内心世界，简直迷之自信。

这其实也不全怪阿塔瓦尔帕，他之所以会这么掉以轻心，是因为印加传说中的那位维拉科查创世神，他长得金发碧眼、皮肤白皙，还留着大胡子，传说是他将印加文明带到这个世界上，周游印加各地后就消失在西边的海洋深处，并且说他还会从自己消失的地方回来。你瞧瞧，这不是巧了，那帮西班牙人和维拉科查长的是一个模样，面对从海洋深处归来的天神，印加人能不欢天喜地吗？

出现在阿塔瓦尔帕面前的是随军的神父——维森特·德巴尔维德，他拿着一本《圣经》，宣称以上帝的名义要求阿塔瓦尔帕皈依。没有见过纸的印加王接过《圣经》，随手翻了翻并没有发现什么惊人之处，这轻巧的纸张哪有自家的黄金来得夺目，便将《圣经》扔在地上，并告诉神父："我们只相信太阳。"印加王的举动给西班牙人找到了出击的理由，皮萨罗和神父大喊着"为上帝而战"，一时间喇叭与炮声齐鸣，全副武装的西班牙人包抄了会面的广场，仅有的两门大炮和几把火枪完全震慑到还在拿石头、青铜当武器的印加人，而从未见过的马冲出来时更是吓坏了印加子民，广场陷入混乱，踩踏无数。最终西班牙人在此处屠杀了近7000人，并俘虏了印加王。

在印加帝国，王代表神，当王成为俘虏后，事实上印加帝国已经瓦解。皮萨罗又挟天子令诸侯，以阿塔瓦尔帕为人质索要赎金，要求他们用黄金和白银分别填满房间才肯放了印加王。国王在人家手中，印加人自然是唯命是从，于是搬来了各种各样造型的黄金，比如人像、小动物之类的。皮萨罗要黄金不要造型，于是又把这些黄金白银浇铸成金砖银砖。他一边化着黄金，一边要求西班牙增兵。

赎金到手后，皮萨罗非但没有放了阿塔瓦尔帕，还临时组成法庭对阿塔瓦尔帕进行了审判，以亵渎神灵之罪要处死阿塔瓦尔帕。8个月后，西班牙援兵到达，皮萨罗随即杀了阿塔瓦尔帕。阿塔瓦尔帕知道自己难逃一死，死前唯一的要求是享受印加王的殡葬规格，尸体制成木乃伊供臣民供奉，而西班牙人表示绝不能答应，他们要对他进行火刑。为了留个全尸，阿塔瓦尔帕不得不在死前皈依基督教，这样西班牙人就会本着基督教的仁爱精神对他从宽处理——绑在椅子上勒死。

匪夷所思的是，在从俘虏到死的8个月中，印加军队没有对这180人的西班牙军队做出过任何有效抵抗，直到阿塔瓦尔帕死后，印加人反抗西班牙人的战争才真正打响，而此时西班牙殖民军的实力已大大加强。1533年，皮萨罗最终占领了库斯科城，印加帝国彻底灭亡。1535年，皮萨罗选择利马城，将其定为秘鲁的新首都。

在西班牙人占领库斯科后，看着满城黄金两眼放光，尤其是当时最辉煌的建筑太阳神庙，据说神庙的墙头由黄金浇筑，内殿更是镶满了金板，不仅如此，宫殿中的一切物品均为黄金打造。最令人惊叹的是神殿外的“黄金庭院”。印加人用黄金等比复原了他们已知的所有动物和植物，小到爬虫、蝴蝶，大到树木野兽，都用黄金凝固在这座花园中，象征着整个世界都沐浴在太阳神圣的光芒中。见到这么多黄金，西班牙侵略者一下就红了眼，他们从墙上撕下金片，还哪管艺术不艺术，通通扔进火中熔化成金块，运回西班牙。

被剥去黄金后神殿只剩下光秃秃的石墙，但这并没有结束，随船而来传教士是“奉上帝旨意来解救迷途羔羊的”，怎么还能让太阳神存在呢？那时候皮萨罗已经去利马修建新首都，就把库斯科交给他的弟弟胡安·皮萨罗（Juan Pizarro）

管理，他为了控制印加人的思想，让印加人必须放弃自己原有的神明改信上帝。既然要传教，就要有神圣的场所，胡安把目光锁定在太阳神庙，虽然被扒掉黄金，但这依然是印加人的神庙呀，没有比这里更神圣的地方了。于是，为了迎接全新的“神仙”入驻，西班牙人开始实施他们的改造计划，摧毁神殿建造教堂。

说是要改造，但他们又遇到尴尬的事——像萨克萨瓦曼一样，库斯科同样是将巨石切割平整，在没有任何黏合剂的情况下让石块之间天衣无缝、无缝插针。这让改建工程举步维艰，最终只好在保留印加地基和部分石墙的基础上加盖西班牙风格建筑，所以现在从外观上看，你可以很容易分辨出哪部分是印加遗迹，哪部分是西班牙后建工程。即便如此，改建工程也持续了将近100年，直到1633年方才竣工，但1650年的一场地震把西班牙人改建的部分震得稀里哗啦所剩无几，只有印加地基还牢牢地站在那里，他们又不得不重新修建，直到1680年圣多明哥教堂才重建完毕。圣多明哥教堂是个庭院式建筑，回廊内游客众多人声嘈杂，所以导游带着游览有些走马观花，只记得他不断地指着各种墙面以及门框说这里曾是黄金，那里曾是黄金。

要说比较有看头的，还是兵器广场上的大教堂（La Catedral），它同样建立在印加巨石地基之上。前身是印加王宫（Viracocha），1559年开工，前后持续修建了大约100年，直到1654年才基本完工。大教堂旁边还有两个辅助的礼拜堂，位于右侧的是库斯科最老的教堂凯旋教堂（Iglesia del Triunfo, 1536），左侧是耶稣玛利亚教堂（Iglesia de Jesús María, 1733），三个教堂内部相通，凯旋教堂是整个大教堂的入口。

教堂内不允许拍照，所有的景象只能用脑子记住。这里收藏了大量18世纪库斯科学派画家的作品，这个画派是西班牙殖民者为培养印加本地画家而创立的，但印加画家绘制宗教主题作品被要求不能署名，所以大量绘画现在无法知道作者。其中也有少数例外，例如教堂藏品中最负盛名的《最后的晚餐》，当然，此“晚餐”非彼“晚餐”，这不是达·芬奇的原作，而是画师马科斯·萨帕塔（Marcos Zapata[①]）的模仿作品。或许你会疑惑，临摹有什么稀奇？该作品妙就妙在将晚餐餐桌上的食物改成了印加人的佳肴烤豚鼠，特别的本土化。而印加工匠也会偷偷地将自己曾经的信仰灌注在天主教之中，教堂内一处十字架上受难的耶稣不是俯视地面，而是仰望着天空面朝印加太阳神。大教堂还没有认真看完，教堂内的工作人员就催促我们赶紧离开，我仔细看了看门票，上边也没写着限时啊，迷惑地问导游到底是怎么回事，导游说他也不明白。

走出大教堂的大门，刚刚还算空旷的兵器广场，突然聚集了很多人，我们决定在不远的带有阳台的餐厅吃饭，顺道看看到底出了什么事。正巧这家餐厅提供羊驼肉BBQ，于是大家饶有兴趣地点了几份。等待上菜的时间实在太久，缺乏耐心的我决定出去溜达溜达，估摸着溜达一圈菜怎么也都能上来了。这

①秘鲁画家。他是库斯科画派（Cuzco School）最后一名成员。

一出门不要紧，本来就很拥挤的街道现在可以说是水泄不通。远处传来锣鼓队的声音，无数身着民族服装的人向兵器广场涌来，我逆着人流向最热闹的一条街的深处走去，眼前的场景变得绚烂无比。几十个穿着白衬衫黑裤子的青年们抬着巨大方桌，桌上立着身着华丽服饰的雕像，青年们走几步退几步，感觉挤来挤去的伴随着音乐不停地晃动着桌子，样子有点像国内的颠轿子，但从青年们脑门流下的偌大汗珠可以推测这桌子分量肯定不轻。青年的身后是边跳舞边行进的姑娘们，舞蹈的动作有点像藏族的锅庄舞，不断地挥舞着大袖子，说来也是奇怪，这里明明与西藏距离那么遥远，但总觉得有着相似的高原文化。接下来的能看出是不同的方队，因为抬桌子的青年所穿服装与前一拨截然不同，他们披着鲜艳的斗篷戴着毛线帽，女孩的舞蹈也是不停地转圈圈，帽子上的飘带与裙

◎盛典即将开始的兵器广场前

GOBiERNO
MUNiCiPAL DEL CUSCO

摆一起被转得飞了起来。后来才知道这种转圈圈舞叫作维蒂蒂舞（Wititi），是安第斯高原地区的民间舞蹈，还是秘鲁第三个被纳入联合国非遗名录的舞蹈。其余的都是游行的人群，他们戴着或黑色或白色的面具和头套，看见我在拍照就热情出现在我的镜头前，然后干脆把我拉到游行人群之中朝着兵器广场的方向前行。游行的人实在太多，我还想着等待我吃掉的羊驼肉，又从游行队伍中退出来从侧边快步加入另一支相对人少的队伍里。

咦？这支队伍怎么有点不一样？所有的人都

◎姑娘们跳着转圈圈的维蒂蒂舞

◎街上满是戴着面具的人

© 人们要把各个教区的神像送往大教堂

没有穿民族服装，走在前面的人穿着西装还斜挂着绶带，不停地向周围人挥手，我也跟着一起挥手。突然一只话筒塞到我面前，一个女士一边走一边冲着摄像机对我叽里咕噜地说了一堆，我也听不懂就更加猛烈地挥手。再一看只有这支队伍周边围着警察，当地警察叔叔一把把我从游行队伍中拉了出来。后来据我分析，我混入的这支队伍可能是当地领导吧，也不知道我的镜头会不会出现在库斯科新闻之中。不管怎么说我跟着人群走到了兵器广场，大教堂门口被警察围成巨大的圈，圈里的人的装扮比街道上的游行队伍更加隆重，每个人的帽子上插满了巨大的羽毛，跳着一种叫作瓦科纳达的甩鞭子舞。

虽然还没看尽兴也觉得是时候回餐厅了，结果一进餐厅，才发现大家都急得不成，我这一去就离开了将近40分钟，加上手机没信号大家都担心我会不会出事。虽然有些抱歉，但由于太过兴奋，依然手舞足蹈地给大家讲解着外面的情形。这时导游也从外面回来，告诉大家外面是当地人在过一个名为圣体节（Corpus Christi）的天主教节日，这个节日一般在复活节后第60天举行。在庆祝活动正式开始的前一天晚上，人们会聚集在一起享用12道秘鲁传统美食，大碗喝酒大口吃肉，第二天上午11点，各个教区的信徒们则带着自己教区的圣者圣女的雕像，浩浩荡荡的一大群队伍向武器广场涌来。之所以刚才大教堂着急清空游客，是因为一会儿大教堂中的圣女（雕像）要开门迎接其他14位住在不同教区的圣者、圣女（雕像）到大教堂一起恭迎耶稣圣体，但由于教堂内的活动是不对外开放的，所

◎看他们的表情，就知道非常重

以具体怎么迎接就不得而知了。想着秘鲁人用自己传统的方式庆祝西班牙人带来的宗教节日，文化上冲突与融合让我这个外乡人倒是觉得五味杂陈。

至于我点羊驼肉BBQ到底是什么味道？怎么说呢？所有人都被膻到只尝了一口就立刻改吃牛肉和鸡肉了……

7 点钟的马丘比丘

如果让我推荐人生中的必看电影，《摩托日记》一定榜上有名。这部改编自切·格瓦拉《南美丛林日记》的电影，用纪实的手法记录了23岁的切·格瓦拉和他的朋友阿尔贝托·格拉纳多从布宜诺斯艾利斯出发，骑着一辆破摩托途经秘鲁、哥伦比亚最后达到委内瑞拉的游历故事。整部电影冷静而克制，并没有给主角加上太多戏剧性的情节，就像电影开头字幕所写“这并不是什么英雄事迹，只是两个鲜活的生命，在时间的某一处交汇，共享一份理想与追求”。我很难用文字表述看过这部电影之后内心的那种激荡，于是我选择义无反顾地踏上秘鲁这片土地。我也渴望像他那样，在旅行结束的时候说出：“这次随性的南美洲之旅给我带来的变化，远远超出了我所能预见的，我已经不再是我了，至少我的内心不再是从前的内心了。”

可惜，在此次旅行之前，我对秘鲁知之甚少，不晓得这里有亚马孙更不知道库斯科，唯一听说过的是世界文化遗产——马丘比丘（Machu Picchu）。1943年10月，智利诗人巴勃鲁·聂鲁达（Pablo Neruda）来到马丘比丘，这次旅程同样成了他人生中的重要节点，他为这座印加遗址写下一首500行的旷世长诗《马丘比丘之巅》，并写道：“看了马丘比丘的废墟之后，古代的传奇文化似乎是由纸板做成。……我理解，如果我们踩在同一片承前启后的土地上，我们与那些美洲社会的崇高努力有着某种关联，我们就不能忽略它们，我们的无知或者沉默就不仅仅是一种犯罪，而且是一种失败的延续。我们贵族式的世界大同思想不断把我们引向最遥远的人们的过去，却让我们对自己的珍宝视而不见……我回想着古代的美洲人。我看到他的古代斗争和当今的斗争交织在一起……”

马丘比丘到底是一个什么样的存在啊？因为切·格瓦拉，因为聂鲁达，我必须将马丘比丘作为此次旅行的信念，我渴望它能给我带来同样的激荡与震撼，所以当距离马丘比丘越近时，我变得越发忐忑起来，我会不会太理想主义？会不会因为我过于木讷而感受不到那些来自远古的呼唤？如果这样，我是不是应该原谅自己？毕竟我来自遥远的中国，龙的传人，和太阳的子民“语言不通”也是理所应当的，是吧？

我们从欧雁台搭乘海勒姆·宾厄姆（Hiram Bingham）号列车前往马丘比丘，这列用马丘比丘发现者定名的列车非同一般，它被誉为“全球十大火车之旅之首”，由大名鼎鼎的东方快车集团运营。说到东方快车，就势必想到电影《东方快车谋杀案》，除此之外，以东方快车为素材的还有19部小说、6部电影。它是世界上各种富豪名人王孙贵族必打卡的列车，因为这些乘客的存在，也让列车不仅仅是列车，而是与奢华画上等号传奇故事。

海勒姆·宾厄姆号一共有四节车厢，第一节是火车头，第二节是服务车厢，第三节是旅客车厢，第四节是音乐酒吧车厢。全程行驶2个小时即可到达马丘比丘脚下的热水镇（Agua

Caliente），中途还提供一份餐，号称是米其林标准。要不说米其林我还不气，我点的鸡肉搭配米饭简直就是一场灾难，真的就是一块难嚼的烤鸡胸和一碗倒扣的米饭，没有一点味道。

列车在乌鲁班巴河谷中一路飞驰，眼前的景色从群山之中的云雾森林到一马平川的平原再到奔腾的乌鲁班巴河，小时候看三毛的《万水千山走遍》时，对她在《雨原》中描写从马丘比丘归来遭遇大水的事总是难以理解，在北京生活的我难以想象雨能大到看到河水翻起浪花吗？如今自己沿着乌鲁班巴河行驶，才发现铁路居然真的可以离河道这么近，甚至怀疑自己是不是就在河面上行走。这里的“奢华”与我的想象稍有落差，人也从最初的好奇变成了无所事事地发呆。突然列车停下，全员一脸懵，我脑子里《雨原》的画面再次浮现，莫不是我们也丧了吧唧地赶上发大水冲坏铁路了？于是决定起身去别的车厢走走。海勒姆·宾厄姆号总共就没几节车厢，我穿过游客车厢便来到了酒吧车厢。天啊，我可真是后悔怎么那么长时间傻不拉几地坐在座位上，这节车厢才是别有洞天。当地的乐队在唱着欢乐的歌曲，各国游客跟着载歌载舞，甚

1|2 3

1 准备搭乘火车前往马丘比丘

2 海勒姆·宾厄姆号列车上的午餐

3 列车窗外奔腾的乌鲁班巴河

至车厢尽头还有一个小小阳台，不少人已经走到外面去看热闹。列车之所以停下，是因为此路过于狭窄，列车需要切换轨道按照“之”字形方式前行，也就是将原来的车尾变成车头，才能继续行驶。

在欢乐的气氛中，时间变得很快，正在意犹未尽时便到了热水镇。热水镇是前往马丘比丘的必经之地，我们当晚便会留宿于此。因为时间尚早，旅行社安排大家迅速把行李放到酒店乘坐大巴直奔马丘比丘。

进入马丘比丘景区大门后首先映入眼帘的是一条长长的队伍，凑过去看热闹，原来是自助的纪念章盖章区，刻有马丘比丘图案和当天日期的

1 | 2

1 “全球十大火车之旅之首”中的小乐队

2 马丘比丘到此一游照

大印章可以随意盖在你想盖的地方。“到此一游”的机会我自然不会落下，结果单单排队就浪费了半个小时。盖罢纪念章，急匆匆地往马丘比丘遗址处跑去。当我真正站在马丘比丘时，不知是因为游客太多，还是在库斯科看过太多巨大建筑，竟然之前那些想象中“与神对话”的文艺小矫情完全没有出现。茫然地穿梭在各种石头之间，什么圣区（Sacred District）、平民区（Popular District）、祭司与贵族区（District of the Priests and the Nobility），如果没有标注，除了石头切割的精致程度以外，我什么都区分不出来。正在懊恼之际，站在不远高处的小包和樱仔向我挥手，示意我赶紧过去找她们。

“你去哪儿了，刚一进门就看不见你了。”

“刚才我排队盖章，人太多了，一回头你们就没了。”

“刚才我们发现特好一地儿，能拍下马丘比丘全景，人还特少，走，咱一块儿照相去！”说罢樱仔就拉着我往类似梯田的高处走。小王不愧是导演，勘景技术一流，他给大家选的地方既能照到全景，又几乎收不到游客，一种马丘比丘被我们承包的感觉油然而生。正经的照片没照几张，我“人来疯”的老毛病就又犯了，开始摆起各种奇怪的姿势逗得大家哈哈大笑，站在不远处的马丘比丘工作人员也在一旁跟着乐。估计是我们几个闹腾得太厉害了，他走过来问我们从哪里来，我们说中国，他又问我们是明星吗？也不知道这小哥们儿是从哪儿看出来我们像明星，我们自然也毫不含糊地连连点头，大言不惭地说我们在中国可有名了。他一听是“明星”明显眼中放光，开始跟我们有的没的聊了起来。我们这瞎话终究是编不了太久，尬聊了一会决定换地儿折腾，临走前他问：“你们明天还会来吗？”

“来啊，我们明天还要爬华纳比丘（Huayna Picchu）。”

“那太好了！明早7点，你们一定要站在这里！然后再去华纳比丘！”

“为什么要7点来这里呀？你7点上班？”

“不是的，请你们相信我，一定要在7点钟准时来这里，明天来了你们就会知道了！”

他说的话没头没脑，我们也听得半信半疑。但想着反正明天也是买了7点到8点的华纳比丘爬山票，来都来了，看看也无妨。

伴着早上6点的闹钟，我极不情愿地翻身起床，同屋的钱阿姨还在睡觉，我蹑手蹑脚地穿上衣服准备开门。这时钱阿姨突然问我：“你准备走了啊？”我嗯了一声，说了声“您再睡会儿”便迅速离开。为了保护古迹，马丘比丘采取的是预订制度，早在我们出发之前旅行社便预订好了所有人两天的门票，而华纳比丘因为每天只允许400人分两个时段登山，变得更是一票难求，一般需要提前2～3个月才能预订到华纳比丘的门票。我们的旅行社想尽各种办法只预订到16张门票，于是决定把这16个名额分给相对年轻的团友，钱阿姨因为年纪大就没有获得华纳比丘的名额，阿姨为此愤愤不平发了好一通脾气。

华纳比丘是马丘比丘旁边的一座高山，其意思是“年轻的山”，相对的马丘比丘的中文直译其实是“老年的山”。原本这地方不应该叫这个名字，但是由于印加人只有语言没有文字，所有事情都是用绳结记录，以至于在发现这个遗址后谁都不知道它原本的名字，就直接用了附近的山名。一直搞不明白，印加人在天文、数学方面有那么高的造诣，为什么偏偏不发明文字呢？其实按时间来说，马丘比丘建成年代相当于中国的明朝，同期对比，我国当时的建筑工艺简直巧夺天工到极致，但这里因为山川密林阻隔，文明进程较欧亚大陆慢了4000年，在一个轮子都没有发明出来的国度，能在高山上使用切割精准的巨石且巨石之间没采用任何黏贴剂垒出一座城市，所以才成了“世界新七大奇迹”之一。

在秘鲁坊间传说中，有一座神秘的“消失之城”名为维尔卡班巴（Vilcambamba），相传印加帝国的大量黄金宝藏隐匿于此处。据说西班牙人皮萨罗占领库斯科后虽然从宫殿和庙宇中搜刮到不少金子，但掐指一算，印加人能用那么多金子贴在墙上，那么金子的储存量绝不仅仅只有这么一点点。后来皮萨罗又听说印加人可能把金子都藏到了的的喀喀湖（Lake Titicaca），特意派人去印加人的圣湖中去寻找，一

©马丘比丘和华纳比丘

找就是七八年，但直到皮萨罗被杀时都一无所获。维尔卡班巴据说就是印加帝国的最后一个避难所——在印加帝国灭亡之际，印加贵族们转移到安第斯山深处偃旗息鼓、休养生息准备东山再起，但最终还是难逃灭亡厄运，而在维尔卡班巴的人不是皇亲国戚就是能人志士，所以推断这里不是藏匿黄金之处就是会留下黄金宝库的线索。可至于维尔卡班巴到底在哪里？随着印加后人的消失，有关这个城市的一切也销声匿迹，留下的只是传说。

1911年，美国耶鲁大学拉丁美洲史教授海勒姆•宾厄姆组成一支探险队深入安第斯山脉进行考古工作。虽说是来考古，但我坚信他就是来寻找这笔宝藏的。他在圣谷逗留一个多月，收效甚微，一个偶然机会旅馆的老板告诉他附近山顶有处石头废墟，他立刻兴奋组队决定第二天就出发，结果风雨交加同行人员都不愿意出行，宾厄姆只好请求当地人陪同。因为山势陡峭加之风雨肆虐，一路走得特别艰难，几番周折他终于看清白云之下，被数百年树木和青苔掩盖下的石头城，他说："简直是难以置信的梦境，它们简直令我不敢相信自己的眼睛！"他认为找到的就是维尔卡班巴。1913年《美国国家地理》用4月刊做了整整一本刊的马丘比丘专题，此处从此被世界知晓。

当然，秘鲁人可看不上这点，当地人说他们早就知道这里，只不过是宾厄姆到达这里后把事情宣扬出去了。而且早在1572年西班牙殖民者的史料中对此就有所记载，这里一直是当地菲洛家族的私人财产。不仅如此欧洲史料记载中到过马丘比丘的人还不止一两个。2002年更是发现了刻有Enrique Palma，Gabino Sánchez和Agustín Lizárraga三个名字的石头，而这三个哥们儿刻“到此一游”的时间是在1901年7月14日，人们甚至开始怀疑宾厄姆是不是为了出名而故意掩盖了历史痕迹。

更让秘鲁人民难以接受的是，宾厄姆向秘鲁政府提出申请，授权他将挖掘出的5000多件文物运回美国耶鲁大学进行为期18个月的研究。但期满之后耶鲁愣是没有归还，经过秘鲁与美国两国政府的长期交涉，又是提出诉讼又举行大规模游行，耶鲁大学终于同意在马丘比丘被发现百年之际将部分文物物归原主、完璧归赵。

随着深入研究，考古界越来越多的声音表示马丘比丘并不是维尔卡班巴，并且在20世纪80年代盖棺定论位于库斯科西部130公里发现的伊斯皮里图大草原(Espíritu Pampa)印加遗址才是。讽刺的是，伊斯皮里图大草原的印加遗址其实也是由宾厄姆在1911年同时发现的，只是他当时觉得这个地方的面积太小，不可能是维尔卡班巴。经过20世纪60年代的新发现和80年代的重新测绘，伊斯皮里图大草原建筑面积远远超过了宾厄姆当时的发现，而且当地原住民本身就把这地区叫作“大维尔卡班巴”(Vilcabamba Grande)，他竟就这样错过了。

虽然维尔卡班巴非常重要，但人们的目光依然聚焦在神秘的马丘比丘，它到底是什么呢？很遗憾，至今没有定论。学者们先是认为这里是一个祭司场所，因为从发掘的骸骨分析，男女比例为1∶10，女性被认为是圣女，用于侍奉太阳神。这一理论又在2000年被推翻，因为发现了更多的尸骨，男女比例从之前的1∶10上升生成差不多各占一半。我还曾看到一个纪录片，也是根据这些骨骼分析出，马丘比丘应该是个皇家别院的“酒池肉林”，那些女性分别来自印加帝国各地，可能是服务员或者国王的玩物。还有学者认为建造马丘比丘还可能有精神上的目的，比如什么带有宗教意义的圣地。虽然对于马丘比丘的猜测和分析百家争鸣，但绝大多数理论都认为无论是有实际用途还是精神用途，这俩都不冲突，毕竟印加人没有政教分离，国王就是神的化身，一个地方具有双重作用并不罕见。

从热水镇到马丘比丘最早的一班大巴是在早上5点半，小包他们因为早起去拍日出，所以只有我一人孤零零地前往马丘比丘。到达马丘比丘时已经接近7点，本想着要不就直接去华纳比丘吧，兴许能赶上小包他们，但昨天那个工作人员的话却一直萦绕在耳边，7点到底有什么呢？于是爬到前一天的位置，没有游客也没有那个工作人员，看着整个马丘比丘除了被厚厚的云层矮矮地压着，什么都没有。

“哎，还是被忽悠了。”我忍不住自言自语，回想着昨天自己也是跟人家一本正经地胡说八道，人家跟我开个玩笑也不算过分。不过天阴成这样，一会要是下雨该怎么爬山呢？正当我发愁准备离开之际，突然一束阳光如利剑般穿透云层，径直射到中心广场正中唯一的那棵树上，像舞台打开了聚光灯一般，拿出手机准备拍照，一看时间不多不少正好7点整。而后的景象更令人目瞪口呆，刚刚还是如棉被一样厚厚的云层，仿佛被阳光搅动起来，短短几分钟或许是几秒钟的时间，云层越来越薄、越来越薄径直至消失不见，马丘比丘被笼罩在太阳神的“圣光”之中！天啊！我激动得叫出了声，这就是那个人叫我7点来这里的理由！此刻，我终于相信了“神迹”所在，这才是我想看到的马丘比丘啊！等我回过神想要拍下这一切时，它已经变成了如昨天看到的那个迎接游客的马丘比丘。

虽然华纳比丘的入口就在马丘比丘内，从高处看得十分真切，但真要到那里却着实走了不少弯路。走到华纳比丘门口时已经快7点半，门口早已排起长长的队伍，进门检票时需要登记自己的姓名、年龄、国籍、护照号等，另外还要标注进山时间。此时我做得最正确的一件事就是在检票处买了一瓶水，虽然价格昂贵，但在之后的几小时内，我的命简直就是这瓶水给的。

穿过检票处就正式进入华纳比丘的地盘，迎接我的是一段轻松的下坡路，前面有个金发的老妇人和她的先生各撑着一支登山杖，有点替钱阿姨抱不平，这儿明明有外国老太太登山啊！山高是高了点，走累了就歇着呗。想着不能输给老年人吧，加快了脚步赶紧超过他们。可接下来的上山路就开始超出我的想象了。开始的土路还算宽敞，我还扎猛子似的超越了几个人，可没过多久，因为起得太早没来得及吃早餐，体力消耗过快的我就没劲了，于是用手撑着膝盖给自己加油，看着人家有登山杖的似乎走起来挺轻松，想在周围寻摸个树枝当拐棍，但死活找不到一个趁手的兵器。

越往上走，道路变得狭窄，掩映在身后的树林和土路已经

◎华纳比丘艰难的上山之路，必须手脚并用

消失，脚下变成断断续续出现的石阶，虽然没有下雨，但石阶被雾气浸染得无比湿滑。近乎70度的坡度让我每一步走得都更加谨慎。70度是一个什么概念呢，你可以拿出量角器比比看，是不是觉得这坡度还可以啊，但当你真的脚踏在70度之上，体感几乎是垂直的！一面是如同刀切一般直耸的峭壁，一边则是万丈深渊，面对只容得下一个人侧身行走的路，回头一看感觉身体悬在半空。这时也顾不得许多，手脚并用才是保命的本能。要说艰险，我也曾在雨后爬过华山，但艰难的路段，多是有个铁锁链或铁抓手能让自己有几分安全感，但华纳比丘却完全没有，手都不知道该抠哪里好！

“我为什么要来这儿啊！”我不断地骂着自己，感觉自己的小命儿今天就要交代在这里了。想放弃下山，但却没有退路，后边都是同样在攀爬前行的人，这条唯一的上山路像条拥堵的高速，你想掉头折返，是没有可能的。终于爬到一段可以容得下一个人转身的地方，我靠在峭壁上，摸出那一瓶唯一的矿泉水，大口地喝着，身上穿的薄羽绒服早已被汗水浸湿黏在身上，难受得不成，只好脱下系在腰间。幸好早上因为太困忘了换衣服，里面还穿着睡觉的短袖，就这样我的装扮从羽绒服一下切换到短袖T恤。看到后边的人还没撵上来，我掏出手机看到前置摄像头中的自己，涨红了脸，累得龇牙咧嘴，于是录下一段各种疯话，恨自己为什么要来爬这座山，这辈子再也不想爬山了云云。这时，一名当地导游带着她的游客也跟了过来，我问她还有多久能到山顶，她虽然也喘着粗气，但倒也从容地答道：“加油！你已经爬了三分之一了！很快就到了！”三分之一！我都要死了怎么才爬了三分之一？！我甚至以为自己听错了，再次询问她真的只爬了三分之一吗？她十分肯定地点点头。

既然后边的人已经跟了上来，我也不好再多停留，因为我这里停下，后边的人将会滞留在那要命的峭壁上，怪不得这里一次只能进入200个游客，但凡游客多一点将会形成更大的拥堵。就这样我继续咬牙前行，只是停下来休息的次数越来越多，唯一的信念就是赶紧上山，然后就应该没有别的路可以下山了，毕竟这里怎么看都只是“单行道”。经过将近一个小时的攀爬，眼前终于出现了一段开阔地，向下俯瞰不但可以看到马丘比丘全景，连从温泉镇到马丘比丘的“之”字形上山路以及奔流的乌鲁班巴河都能收入眼帘。在场的所有人看到此景

◎华纳比丘上俯瞰马丘比丘，不过也就是个深山中的小建筑

都在欢呼大叫，登顶后的美景让人忘却了刚才的艰险。因为没看到小包他们，我一个人再怎么自拍也收不下全景。正好过来两位法国小伙儿，求他们帮我拍照。我有一个发现，多数老外拍照真不咋地，虽然俩小伙儿很努力地帮我拍了200来张纪念照，但张张都把我放在尴尬的位置，礼貌道谢之后想着也该下山了吧，于是绕着开阔地找下山路。

不找不要紧，绕过一块巨石之后，竟然发现还有上山的路！闹半天我还没有登顶！想要继续前行，必须要钻过一个由几块巨石组成的山洞，洞口还算宽敞，但进入洞内发现里面只得容下一人匍匐通过。走在我前面的一位女士刚刚钻出山洞，她蹲在洞口伸着手向我说着什么，但在洞内的我实在听不清也没听懂她说什么，以为这位好心的女士想要拉我一把，连忙对她喊："没关系，我能行！"边说边往洞口挤，结果话音还未落，"咔"的一声，我连同背包不偏不倚正正好好地卡在洞口，原来这位女士是看我背着双肩包，让我先把背包递给她啊。可当我整明白了她的用意为时已晚，于是她像拔萝卜一样向外拽我，可我却像定住了一样，死死地卡在洞口。后边的人开始试着向外推我，我依然纹丝不动。连续试了几次都不成功，进退两难的我此时已经绝望地想到自己不会就这样卡在洞口变成五行山下的石猴子吧，我可等不了500年让唐僧出现啊。这时只觉后边有人用力猛的一拉，"嘶啦"一声我被拉回洞里。我也顾不上回头感谢，在洞内艰难地摘下背包，并把背包推到了洞口，好心的女士接过背包，我狼狈地爬出洞口，跪在地上倒气。好心女士笑嘻嘻地说："华纳比丘太可怕了，胖一点的人是来不了的。"再回头看我的"救命恩人"，正是刚才的法国小伙子。

等我灰头土脸地爬到真正的山顶，发现所谓山顶并不是山顶，而是几块巨大石头，原来这是与马丘比丘中的太阳神庙所相对应的月亮神庙遗址。印加人到底是怎么把这么多打磨好的巨石运到山顶的呢？我这光背个双肩包都差点人没了，他们是怎么做到的？而且又是谁这么手贱爬到山顶把月亮神庙给毁了的呢？

由于月亮神庙被破坏成不规则堆砌的大石头，此处每位游客都会很自觉地按照顺序爬上巨石，找一块可以坐下的石头尖尖快速地拍下几张照片后扒着石头缝自动离开。此时的马丘比丘已经变成小点点，毫无在山下看到的气魄。什么"神迹"

◎把我从洞口解救出来的法国小伙子

啊，伟大啊，只觉一切如此真实且渺小。天上宫阙实在高处不胜寒，我只想快点回到地面。

古语说上山容易下山难，此话在华纳比丘应该改为“上山难，下山难上加难”，巨大的石块被打磨得非常光滑，想要从这些残垣断壁上离开，每个人都小心翼翼地抠着有限的石缝。经过一块倾斜的巨石时，我几乎是蜘蛛人的姿态，紧紧地贴在石头上蠕动过去。寻找下山之路是我的紧要任务，那一刻我一分钟都不想在山顶多待了。

虽然在地球的两端，但我总觉得这里与我国有着千丝万缕的联系，比如红景天与古柯茶，比如在库斯科看到的舞蹈和锅庄舞，在华纳比丘又一遍遍地想起华山。自古华山一条路，我在此处也没有找到第二条路。下山路？不存在的，我上来的那一条路即是下山路，这时我才彻底明白华纳比丘按照时间段控制人流的真正原因是确保一拨人上山再下山后，再让第二拨人进入，这也就是为什么我进门的时候要登记时间。可寻找容易的下山路，是我咬牙上山的唯一目的啊！

一条小小的分支路让我看到了希望，多数游客和我一样，为了避免下山拥挤，而选择了这条分支路。结果，迎接我们的是一连串爬满苔藓只有一只脚侧脚宽的台阶。我身后的外国妹子，一个没注意就像坐滑梯一样滑下好几个台阶，她前面的人包括我在内听到她的尖叫时，也吓得叫出声，一方面是怕自己也被她铲倒，另一方面害怕她继续下滑。在那一刹那大家都试图一只手抓住墙壁上的藤蔓，一只手去抓她好让她不继续下

1 | 2

1 当我转过身想看看下边的路，发现只有后脚跟可以卡住石头，印加人是怎么找到这么大石头的

2 若想从华纳比丘之巅下山，只能贴在石头上蹭过去

滑。当不再下滑后，外国姑娘开始痛哭，似乎刚刚扭伤了脚腕，但在这只有一人来宽的路上，让同伴背或者搀扶着下去都不太可能，唯有自己咬牙一步步走下去。越往下走，大家越沉默，即使有同伴的游客他们之间也不再聊天，又有几个感觉自己无法下山的姑娘开始嘤嘤嘤啜泣，那种绝望我是能够理解的。上山的时候，我曾有一大段的时间陷入孤独

之中，没人可以交流，没人可以吐槽，没人可以鼓励，但在下山的时候，我反而没有感觉到孤独，每个不同肤色、不同语言的个体都在全神贯注地做着同一件事，几乎相同的下山动作，几乎相同的呼吸频率，虽然毫无交流，但是我觉得大家都能感受彼此。

终于走到山脚下的开阔路时，10点进入的游客已经开始三三两两地进入，他们好奇地看着每一位满脸涨红累得呼哧带喘的下山游客，问我们："上边有意思么？""上去你就知道了。"走到景区门口，我的呼吸已经调整到了正常频率，离开前同样要在签名簿上找到自己的名字，并标注好自己的下山时间，以向景区告知本人安全下山。但令我疑惑的是，迅速看了眼签名簿，并没有找到其他15位团友的名字，甚至当天那个时段只有我一个中国人？我的团友们都去哪儿了呢？

接近中午的马丘比丘开始人声鼎沸，时不时伸出的自拍杆不断地挡住我前往守护棚的路，我想碰碰运气去寻找小包，并要感谢守护棚的工作人员。如果没有他的"剧透"，我对马丘比丘的评价应该是相当一般吧。可到达守护棚时，转了几圈都找不到那个人的影子，甚至突然记不清他的长相，迅速翻看前一天的照片指望几百张照片中能有他的影子，但依然一无所获。这让我开始怀疑我昨天是否真的见到过这个人。但我无论如何要感谢他，让我体验到了马丘比丘的神奇，不知当年切•格瓦拉是否也曾看过这番景象。

1
—
2

1 面对这样的下山路，努力让自己不哭

2 只有半只脚宽度的台阶非常湿滑，稍不留神就滑下去好多阶

冬日的天空之镜

3点起床、4点出门、6点搭乘小型飞机离开玻利维亚首都拉巴斯飞行45分钟抵达乌尤尼（Uyuni）。几乎一夜没睡的我，顶着一张丧到不能再丧的脸在拉巴斯机场等待着向导和旅游车。或许是因为太早，别说其他游客，这巴掌大的机场连地面工作人员都很难遍寻到一位。此刻的乌尤尼气温极低，即使在室内，身上穿的羽绒服也完全起不到任何保暖作用，只好把在秘鲁买的两条羊驼毛毯从箱子中揪出来，包裹全身以求不要失温。

在南美，要求准时从来都是奢望，不知过了多久，连机场的工作人员都开始上班了，接待我们的当地导游才匆匆赶来。来接我们的不是大型旅行车，而是数辆马力十足四驱吉普车，由于樱仔、蓓蓓和小包夫妻的车已经满员，我被安排坐在向导乘坐的头车，在接下来的几天中我将“带领”着车队游览早已盛名在外的“天空之镜”乌尤尼盐湖。

从外太空看地球，在这颗蔚蓝色的星球上南美洲安第斯山附近有一块耀眼的巨大白斑，通常这是由冰雪反射才会发出的银光，但它并不是冰川也不是雪峰，而是地球上最大的盐湖——乌尤尼大盐沼(Salar de Uyuni）。

盐湖位于玻利维亚西南部的阿尔蒂普拉诺（Altiplano）高原上，海拔3656米，长250千米，宽100千米，面积达10582平方千米。这个巨大的盐湖大概形成于4万年前，当年轻的安第斯山脉经过地壳运动从海底隆起后，由于两边的山脉挤压其间形成了许多咸水湖，乌尤尼那时还是个名为明钦湖（Lake Minchin）的巨大史前湖。明钦湖两旁6000米的高山阻碍了风雨的到来，这一地区因此变得十分干燥，水分渐渐蒸发盐分和矿物质留下形成一层硬壳。在每年雨季到来的时候，这里会形成一个浅湖，但到了旱季水分再次被蒸发一空，长此以往年复一年，这里的盐分堆积达10米之厚，总储备量约100亿吨，够全世界人民加起来吃个几千年。

◎行走在盐湖之上

虽然乌尤尼已经有这么“雄厚”的背景了，但这都不是让它名扬四海的真正原因，之所以这里让人神往是因为在每年12月到翌年3月，也就是南美的雨季，这里将会出现乌尤尼的“颜值高峰”。雨水的注入，让巨大的盐地变成充满魔力的世界，聚集的雨水在盐地表面形成薄膜，或许是含盐比重较大的原因，水面几乎是不流动的，加之这里海拔差异极小、地面空旷平整，看不到涟漪的“一潭死水”像一面巨大的镜子倒映着整个天空，上下两个世界仿佛就此联系起来，场面壮观且震撼，从此“天空之镜”的“人设”就这样在乌尤尼立了起来。

而我去的时机就有点不太妙了，6月正是乌尤尼的旱季，盐湖回归干涸状态，低温、大风让此处变成游客罕至的淡季。本着“来都来了”的原则我们依然让导游试着带领我们寻找“天空之镜”，哪怕一小块儿也好呀！于是我们的车队便开始在一望无际的盐地中行驶。

这是我这辈子见过的最多的盐了吧?巨大的白色平面一直延伸到天际直到与湛蓝的天空交织在一起，环顾四周，360度的视野内全是纯净的地平线，而这纯净是盐带来的，满眼都是盐。现在我可以拍着胸脯说：“我见过的盐比你走过的路还多!”

由于湖上磁场的影响，在这里指南针和GPS都是不能使用的，由于没有参照物，也根本感觉不到车到底开了多快，只有看眼仪表盘才发现司机全程120千米的时速飞速前进。神奇就神奇在这里，明明没有路标、没有方向、没有导航，怎么看都是一片长得差不多的盐地，当地司机愣是可以准确地开往下一站目的地或者还能找到上次还有积水的地方，而不会迷路。虽然曾一度认为他们是不是带我们转圈呢，但每次下车又会觉得风景多多少少和上次的不同。

我们的车队就这么一直开到了日上三竿，正在琢磨哪儿吃午饭的时候，车队再次停下，所有人下车遛达拍照。虽然盐湖放眼望去平整宽阔，但实际上地面布满了龟壳状的网状凸起，连成一大片看起来又有点像哈密瓜外皮。盐的颗粒并不是想象中的细腻，巨大颗粗糙的盐粒摸起来实在刺手。我们在这边拍着照，另一边司机和导游训练有素地从装备车中拿出塑料餐桌餐椅并迅速铺上桌布，又从保温箱中拿出冰镇的可乐分给大家，而后也没看清楚从哪里就变出一盘又一盘的食物，烤鸡、炒饭、小土豆虽说没有多精致，但在这无人之境也算丰盛。

◎盐湖上的野餐

乌尤尼的气候有两个显著的特征，一个是天空少云导致日照强烈，二是高海拔所造成的低温，所以这里与世界上其他盐湖的干热不同，乌尤尼是干冷的。虽然日照强烈，但实际气温并不高。我们用餐的时候，由于强烈的反光所有人不得不戴上太阳眼镜，工作人员好心为我们撑好遮阳伞，但就在伞下这片小小的阴凉中就能感觉到气温骤降，冷得坐不住又搬到阴影外，晒得不成又挪回来，挪来挪去的给自己折腾得够呛，干脆让自己一半坐在太阳下，一半坐在阴凉处，让太阳烤着后背头却躲着刺眼的阳光。

◎强烈的反光，晒上一会人就觉得要烤化了

我正撅着吃东西呢，樱仔“啪”地一下拍了我后背，说：“一会儿上我们车吧，可带劲了！”

“哪儿还有地儿啊？小王副驾、你们仨在后头，没地儿了啊！”

“能挤能挤，来吧，我们车巨牛！”

这时小包、蓓蓓他们也一个劲儿地应和，“咱四个错着坐能坐开，我们车巨好玩！”

“怎么个牛法儿啊？”

“跟你说，你上车就知道了！”

本身我就惦记着和他们一块儿玩，加上我所在的头车，一上午了不知道为何一直在单曲循环同一首歌，且司机导游一遍遍地都跟唱着特别起劲，导致我也不好意思让他们把歌儿关掉。这一上午给我忍的，挤点就挤点吧，和朋友们在一辆车上多热闹啊。

等再次出发时，跟导游打了声招呼就挤到了樱仔车的后座上。车子启动之后才知道，她们车的司机是位老大爷，大爷车开不了多一会上下眼皮就开始打架，这可是120千米的时速啊，吓得坐在副驾驶位置的小王只要看大爷打瞌睡，就突然咳嗽或嗖嗓子，起初大爷还能被吓得一激灵，但几次之后这种方法就不奏效了，大家又开始想方设法地给大爷塞东西吃，吃着总不会睡着吧？咀嚼虽然可以驱走困意，但大爷的胃容量却是有限，各种零食塞完一遍，大爷说什么都不吃了。那就唱歌吧？这回大爷倒是不犯困了，就是经常性地双手松开方向盘为大家鼓掌。我们最终因为嗓子受不了而败下阵来，樱仔掏出手机开始播放high曲，大家跟着一起扭来扭去，大爷也高兴地一边开车一边扭。眼瞅着大爷动力不太足了，樱仔又变出一个水杯，把手机放到水碗里，瞬间起到了功放的作用，车内的音乐变得更大声了。我这才知道自己侧身挤在后座上，原来是个“气氛组”。

随着在一望无际的白色中开的时间越来越长，吵闹的车里变得安静下来，只有水杯中的手机还在卖力地唱着。从后视镜里偷看大爷，目光浑浊，时不时地因为困倦点着头，甚至开始闭上眼睛开车，坐在一旁的小王已经没了声音，通过反光镜里看了一眼，哥们儿已经睡歪了脖子。再看看旁边的小包和蓓蓓虽然想努力地睁开眼睛，但明显已经很难做到，只有樱仔直愣愣地望向前方，但仿佛也失了魂魄。渐渐的，樱仔的high曲声音变得越来越轻，直到听不到……

等我醒来的时候，已经离一座建筑越来越近，小包和蓓蓓也睡眼惺忪地醒来，樱仔依然靠着我呼呼大睡。我哑着嗓子说：“我刚睡着了。”前排的小王说：“你们都睡着了，就我一人盯着呢！”“是吗！就你睡得早，我才睡着的！”总之，一车人司机睡着开，乘客睡着坐，也不知道怎么就到了我们当晚要入住的盐宫殿酒店（Palacio de Sal）。

盐宫殿酒店正如字面上的意思，用盐建造出的一座“宫殿”，虽然豪华程度不能与城市内的五星酒店相比拟，但它却是该地区最为奢华的一家酒店，也是世界上第一家用盐建造的

◎盐酒店内的家具都是用盐做的

酒店。全酒店使用超过100万块盐砖，墙面、天花板、楼梯、沙发、桌子……目光所及之处无不使用盐制造而成，甚至盐砖之间的黏合物也是由盐和水制成，整个酒店大概使用了10000吨的盐。

1998年，唐·胡安·奎萨达·瓦尔达（Don Juan Quesada Valda）产生了一个大胆的想法，他要在盐湖上建造一座盐做的酒店，经过不断地实验，这个乌托邦终于建成。2004年，盐宫殿从盐湖内迁移到岸边，一方面新地点不会侵入盐湖奇妙的自然形态，不会打扰在那里生活和工作的人们；另一方面在陆地上就可以把酒店建造得更加豪华、舒适和实用。

坦白说，我认为盐墙的保暖性并没有想象中好，这么特殊材质，我想着这一进房间还不得跟咱陕北窑洞一样冬暖夏凉的，结果房间内并不比屋外暖和多少，摸了摸墙壁跟我的心一样嘎凉。房间内虽然有几片小小的暖气片，但对于冰冷的屋子来说简直是杯水车薪。我迫切地想要洗个澡让身体变得暖和起来，但脱掉衣服走进浴室也需要极大的勇气。还好，洗澡水很热，身体迅速暖和起来，也开始心思活络地琢磨着洗澡水会不会是咸的呀，但又怕不卫生拉肚子，就让自己假意刷牙，嗯，是淡水。洗澡出来，光吹头发的工夫身体又开始冷了起来，还没等头发吹到全部干燥，就直接跑到被窝里钻了进去。

躺在盐做的床上，抬头望着房间球状的房顶，同样是由一块块盐砖砌成。与酒店墙面不同，看不到盐砖之间严丝合缝的黏合剂，总感觉建筑工人是随便搭起来的，盐砖还会垂下一丝

© 睡觉掉渣的房顶

丝的东西，有点像凝结着盐粒的塔灰，又或许是溶化掉的部分盐？裹着被子往上蹿了蹿，摸了摸盐床头靠背，刚一个大胆的想法冒出来，舌头就不受控制地先行舔了床头，果然咸到发苦，又一个翻身舔了下墙面，同样苦咸苦咸的。呸呸吐了两口唾沫，想把咸味赶走，头再次枕回到枕头上视线渐渐变得模糊……

什么东西掉到了我的脸上！

我被脸上的东西一下惊醒！下意识地抹了下脸，什么都没有，翻身仔细检查枕头，竟然是从房顶掉下的盐粒！这房顶是会掉渣的！透过窗子看外面，此时天已经完全黑了下来，看了眼手机正是晚餐时间。这一天都没好好吃顿饭了，晚餐怎么能错过。当我穿好衣服到达餐厅时，小包她们已经吃得七七八八一起翻看黄昏时分在酒店附近的废弃巴士上拍的照片，我凑过去看了几眼，由于照片过分美丽，哀怨地问："你们拍照怎么不叫我？" 樱仔快人快语："姐姐，你看看我们给你打没打电话，你自己说太困不去了呀！""给我打电话了？估计我困断片儿了，一点印象都没有，我这该死的'早起毁一天'。"

夜晚的乌尤尼，失去了太阳的照拂，气温直线降到0℃左右，即使在室内，我们又不得不像早起在机场那样在羽绒服外裹着羊驼毛毯围坐在酒店二楼火炉边手握着一杯香甜的热可可取暖，那一夜我们聊了什么已经记不得了，只记得通过窗子看到漫天星辰。

第二天一早吃过早餐，我们便出发前往科尔查尼（colchani）小镇，旅游淡季让这原本就只有600人的小镇显得更加荒凉。镇上的居民主要靠制盐和旅游业为主，小镇唯一的商业街上的摊位如若不是我们这几辆吉普车停泊，也没人出来看摊儿。摊位主要出售羊驼毛制品和盐做的工艺品，还有各种印刷着“达喀尔”的T恤。直到在这里我才知道早在2009年，出于安全考虑，达喀尔拉力赛赛事组委会就把这项世界上最艰苦的拉力赛从非洲迁移到了南美洲（现已迁移到沙特），达喀尔每年的路线都会发生一些变化，2014年开始进驻玻利维亚。我在小摊位上寻得一枚雪白的盐冰箱贴，上边黏着一块盐晶体，用签字笔在盐块上写了“Salar de Uyuni 2015”的字样，这是我这几年最为珍视的冰箱贴，但可惜回北京后因为受潮，盐块后的胶黏性不足，掉到地上摔掉了一个小角，可把我给心疼坏了。

小摊上实在没什么可买的，就去参观一家制盐工厂。说是制盐工厂，其实就是把从盐湖里挖来的盐装到袋子里密封好，但有件事一直没太明白，白花花的盐就那么铺在地上，然后装到袋子里直接食用这事儿卫生么？当然，这问题也实在不好意思问人家，一扭头发现盐工厂里的小屋子也都是用盐砖砌成。原来用盐盖房子并不是酒店的专利呀！盐砖切面看起来是由深浅不一、粗细不同的横线组成，导游解释说盐砖就是从盐湖中直接切出来长方块，并不像网上所说的什么盐与泥沙以及什么物质在一起的合成材料。也因为是直接开

1
—
2

1 当地人会把盐堆成堆晒干，送往制盐工厂

2 盐厂打工人

采，从砖上就可以看到哪一年的雨水丰富，哪一年降雨较小。雨水丰富的一年看到的浅色横线比较宽，浅色即为当年雨水蒸馏后剩下的盐分，深色为干季吹来的风沙之类；雨水较少的一年，浅色宽度也自然比较窄。盐砖的切面犹如树的年轮一样记载着乌尤尼一年又一年的历史。

同样的，因为是直接从盐湖中切出来的天然盐砖，所以也并非铜墙铁壁般坚固，每年雨季过后由于雨水的侵入，盐砖多多少少都会出现损耗，酒店在雨季过后同样会损失原结构的10%左右，所以每年雨季过后都需要重新修缮。修缮的材料非常好找，盐湖里继续开采即可。

◎从盐砖上可以很容易辨别哪年雨水更丰厚

离开科尔查尼小镇，我们往仙人掌岛(Isla Incahuasi) 进发。小包他们再次邀约我共乘一辆车，我毫不犹豫地拒绝了，倒不是贪生怕死，是实在挤得不能动弹。仙人掌岛是盐湖中诸多岛屿之一，因为岛上生长着5000多株超过1200岁的巨型仙人掌，因此而得名。

在盐湖上驱车行驶，深刻体会到什么叫“看山跑死马”，很早就远远地看到地平线上三角形的凸起，但朝着那个方向怎么开怎么都依然是小小的凸起，我甚至觉得看到的是海市蜃楼，但司机依然执着地继续开着。很久之后，终于到达了仙人掌岛，这应该是我生平见过的最高大的仙人掌了，各个都有树那么粗壮，高的近乎10米，矮的也有两三米。导游告诉我们这里差不多就是乌尤尼盐湖的中心了，如果是在雨季，是很难开车到达此处的。沿着一条通往岛顶的小路而上，就可以看到盐湖360°全景。环顾四周，全是白茫茫的地平线。

1
—
2

1 和巨大仙人掌比，我就是个“哈比人”

2 仙人掌岛岛上

午餐我们在仙人掌岛原地解决，实在想不到盐原野上竟然还有一座小小的餐厅，由于地方太小，大家挤作一团，饭菜虽没有多香，却也是该地区能提供的最好饮食了。正在此时，导游突然捧着一个点满笑脸蜡烛的生日蛋糕，笑脸盈盈地用西班牙语唱着生日歌从门外走进来摆在我的面前。

啊！今天是我的生日啊！

本来我这人就眼窝浅，激动得差点儿流出了眼泪，“这哪儿来的蛋糕啊？”原来是小包几人昨天下午趁我睡觉的工夫询

问领队，能否买到生日蛋糕，领队安排导游大动干戈地回到市区满世界地找到蛋糕，一早悄悄放在物资车上带了过来。能在盐湖的中心度过一个像模像样的生日，是我从未预料过的。

放下在城市中的那些穷讲究，什么植物奶油动物奶油，在这杳无人烟的盐湖上，一块蛋糕，几支蜡烛，突然让我这一天变得充满仪式感，那一天，那一刻我觉得自己是世界上最幸福的人。一个“疯狂”的想法也随之涌上心头，拉着她们跑到外面，以最快的速度脱掉上衣，在盐湖之上拍下了一张生日裸照。要说拍这个有什么意义？人生为什么做什么事都要充满意义呢？我想了，我做了，那一刻我很快乐，这就是意义。

1 | 2
  | 3

1 朋友们带给我的生日惊喜

2 3 在这遥远的国度能结识一群可以疯玩的伙伴，实在太好了，爱她们每一个人

没点惊险刺激那还叫旅行么

普诺（Puno）这座高原上的边陲小城，在安第斯高原地区原住民的克丘亚人和艾马拉人心目中的重要程度与“首都”旗鼓相当，虽然被誉为“秘鲁第四大旅游目的地”，但并没有作为我秘鲁旅行中的重要一站。之所以会途经此处，是因为它处于的的喀喀湖的西北岸，是游历的的喀喀湖的必经之地。

在秘鲁安第斯山系中，大小湖泊星罗棋布。据统计仅在西部布兰卡山脉就有260个且海拔在4000米以上，在海拔4800米以上的终年积雪地带竟有湖泊12201个，这些高山湖泊的水全部来源于雪山融水，而的的喀喀湖就是这“万湖”中的佼佼者，是面积仅次于委内瑞拉马拉开波湖的南美洲第二大淡水湖，而且是世界上海拔最高的可通航的湖泊。

的的喀喀湖位于科亚奥高原（Meseta del Collao)上，为

秘鲁与玻利维亚两国共有，西部归属于秘鲁，东部归属于玻利维亚，面积约为8330平方千米，平均水深100多米，最深处可达304米。这里是印加人的圣湖，传说中太阳神之子、第一代印卡王曼科·卡帕克就是从湖水中出来，去创建印加帝国的。湖中岛屿众多，其中最有特色的要数乌鲁斯浮岛（Islas Flotantes de los Uros）。

乌鲁斯浮岛简单来说就是一些用芦苇搭建而成的人工浮岛，乌鲁斯人居住于此。乌鲁斯人是印第安艾马拉族的一支，他们的祖先起初也生活在陆地上，后来为了躲避战乱和印加人的统治躲进湖中的芦苇丛中。初到此处，这里什么都没有，为了生存下去，乌鲁斯人祖先靠吃这里芦苇的嫩芽果腹，后来发现这种叫作Totora的芦苇具有很强的漂浮能力，他们就用Totora编成草筏子在筏子上生活，渐渐的筏子越来越多地便连成了浮岛，而后更是用这些唾手可得的材料在浮岛上建造房屋、制造船只，以及编织各种生活用品，从此过上自给自足

◎的的喀喀湖上的芦苇船是当地人的主要交通工具

的生活，一代代传承至今。“浮岛世界”有学校、商店、咖啡店、市场、书店等你能想到的一切，但与很多偏远地区一样，随着经济的发展、交通的便捷，现在越来越多的乌鲁斯年轻人选择离开浮岛去陆地上寻求更好的发展机会，岛上的居民数量正在逐渐减少，现在只有数百人居住于此。

我们的游船距离浮岛还有几十米的距离，便远远看到浮岛上的女主人穿着花花绿绿的裙子拍手迎接，当距离更近一些，她们开始唱起动听的歌谣迎接我们的到来。踏上浮岛，我走得格外小心，生怕一脚不小心给人家岛踩漏了。脚感嘛，比陆地绵软，和踩在干草垛上的感觉差不多。

女主人把我们迎到岛中央，这里像是院子般的存在，乐呵呵地又从家中拿出自己制作的Totora手工艺品摆在地上，

◎浮岛上的居民在做着手工艺品

◎浮岛主人热情地拿出自己的衣服给我们拍照

而后一屁股坐在旁边，也没有推销，而是拿起还没有做完的活计好奇地看着我们这些东方来客。正在我犹豫是不是应该意思意思地买点工艺品时，男主人则摆出一个小岛的模型，为我们讲解如何建岛。

每到雨季，的的喀喀湖中的Totora会带着厚厚的泥土根基浮出水面，乌鲁斯人就把这些芦苇绑到一起，再厚厚地铺上一层又一层，因为水下部分的草过不了多久就会被水浸泡腐烂，所以他们每隔几周就要再铺一次新的芦苇。通常一座浮岛的寿命只有十几年，当底部触碰到湖底、浮岛不再能漂流时就会被遗弃。男主人说罢，递给我一根鲜嫩的白色芦苇根茎让我尝尝，这就是他们祖先来到的的喀喀湖时赖以生存的“口粮”。我以为会是脆脆的，结果竟是软软的，小孩子喜欢抱着当零食吃。

我又突然一个好奇，很冒失地问人家都在哪儿上厕所呢？对于这样的问题，男主人倒没有很吃惊，说他们有专门的“厕所岛”，如果便意来袭就会划船去如厕。人家这一回答可不要紧，燃起了我熊熊的好奇心之火，特想看看厕所岛什么样，要知道在亚马孙雨林的时候，曾经借用过一位护林员搭建在水上的茅棚厕所，那间厕所完全超出了我的想象。在那种温热潮湿到处大虫子的地方，以为林中厕所会像中国北方农村那种臭不拉几的旱厕一样，结果人家厕所里不但有马桶还干净卫生连点异味都没有。但可惜我们一旅行团的人，排队去参观厕所岛也不合适，只能作罢。

浮岛上的居民是我在秘鲁遇到的最淳朴的一群人，这让我对的的喀喀湖乃至普诺留下了极好的印象。结束浮岛参观，我们乘坐游船回到酒店，酒店位于普诺的郊外，这里有专门码头用于接送前往浮岛的游客，在我们前后靠岸的还有几拨美国的学生旅行团。孩子一多，酒店就变得吵闹起来，看着天色尚早，我和小包、蓓蓓、樱仔决定去普诺市区转转，虽说我们住在郊区，但对于这样的小城市来说，到达闹市区也不过就十几分钟的车程。

待我们在酒店大堂刚想问前台能否帮忙叫一辆出租车时，只见大堂另一角的沙发上，导游前弓着身子表情凝重地在和领队讨论着什么。我们走过去，想告诉他们我们去市区的计划，毕竟是旅行团嘛，自由行动还是要报备一下的，结果导游却劝我们不要随意走动，等一下可能需要把所有团员都叫到一起开个会。

本来高高兴兴的自由活动突然一下被制止，加上外面一群外国孩子追跑打闹，乱哄哄成一片，让我们一下变得烦躁起来，于是没好气地追问凭什么不让我们出去啊？原来是第二天普诺将会有一场示威游行，而我们计划是在那天下午1点多从普诺飞往利马。虽然搞不懂人家示威和我们飞利马有什么关系，但从导游的表情来看，此事并不简单。

示威游行这事我当年也在泰国曼谷遇到过，那是我第一次出国旅行，前往大皇宫的路上看到路边示威游行的人群紧张得不行，出租车司机倒是很淡定地告诉我该玩的玩、该逛的逛，作为一个以旅游为支柱产业的国家，冲突再厉害，人们也会清醒地知道不能伤害游客影响到经济命脉。但也就是在那之后一年，当时的亚洲第二大商场Central World便在冲突中被烧毁，当我再次到达曼谷时，正在修复的商场依稀能看到被熏成黝黑的断壁残垣，令人唏嘘不已。

秘鲁的治安水平在南美洲属于中等偏上，但哪怕是在首都利马这样的大城市，路边游客咨询中心的工作人员也会告诫旅游者哪些区域是一定不要前往的，由于巨大的贫富差异让那些区域中充满着不确定性，所以我所居住的酒店、活动的区域都在富人区范围内。包括在伊基托斯的时候旅行公司甚至雇佣保镖护送我们前往亚马孙游轮，这里的治安可见一斑。就在几小时前我还被的的喀喀湖上乌鲁斯人的质朴和热情所感染，几小时之后竟然被告知一天后的示威可能会影响到我们的出行。如果单纯的示威也还算好，导游说秘鲁人民动不动就会发起个罢工示威之类的活动为自己争取更多权益，而且示威基本上都会报备，这也就是为什么我们会提前知晓第二天会有示威的原因。但不太乐观的是，普诺近年的示威曾几次演变成暴乱，甚至发生流血事件。虽然示威的目的在于争取更多权益，但当地人为了引起政府重视会不惜影响旅游业，采取恐吓游客的方式。出于安全考虑，也出于游行封路汽车无法通行的影响，导游和领队最终商量的结果是我们要在天还没亮的时候离开酒店前往机场。

听到这个噩耗，我们几个年轻人还算情绪稳定，但“财富旅行团”中的中老年组可炸开了锅，大家七嘴八舌地开始出主意，情绪一度被渲染到仿佛即将世界末日，焦急地寻找挪亚方舟。有人建议现在立刻买机票飞回利马，有人建议大巴前往玻利维亚，从玻利维亚迂回回到利马。导游迅速查票，发现当晚回利马的机票所剩无几，而前往玻利维亚又不太现实。正当平时关系好作一团的中老年组要开始商量谁去谁留的时候，为了避免揭开人性丑陋的一面，平时嘻嘻哈哈特别没遛儿的我们几个反倒先冷静下来安慰所有人……最终，大家还是一致决定听从导游安排，迅速回房间收拾行李，导游则回到市区继续打探最新情况以便更新出发时间。

游行从早上6点开始，我们的旅游大巴要在4点出发，所有人必须3点起床退房。这真是又触碰到我无法早起的“死穴”，实在搞不懂游行就游行吧，为什么要那么早？为了防止起不来，我努力尝试早睡，但人生第一次遇到“逃难”这事儿，哪儿能说睡就睡？眼瞅着时间一分一秒地流逝，已经快凌晨一点……都这时间了，干脆也别睡了，瞪眼玩会儿手机也就到3点了。但事情往往是这样，你越想睡的时候越睡不着，不想睡的时候也不知道怎么就睡着了。

凌晨3点，被同屋钱阿姨的闹钟惊醒，我“嗵”地一下就坐了起来，人是醒了，但脑子却没醒，坐在床上回忆我是谁？我在哪儿？犹如行尸走肉般地穿衣洗漱拉着箱子下楼集合。

一下楼我可就更懵了，想着应该是人声鼎沸熙熙攘攘的模样，毕竟听说全酒店的住客都会提前退房，结果却出奇地安静，我甚至怀疑是不是游行已经取消而我们没有得到通知。昏暗的灯光下酒店大堂只有我们一行人，所有人都沉默不语，眼神发直，显然都没有睡好。走出酒店，四下漆黑一片，我们的脚步声和行李箱轮子的滑动声音划破夜晚的寂静，显得异常响亮。

大巴发动引擎，坐在窗边的人张望着窗外，我坐在第一排已经没了困意，眼睛死死地盯着前面挡风玻璃，前车灯射出的两道光芒，照耀着前方的路。没开多久，眼前的民居渐渐多了起来，显然我们已经进入市区，导游用西班牙语和司机说了句什么，司机便把大巴车内的灯光关闭，这让我不由得开始紧张。前方突然出现了几辆同为满载游客的大巴和中巴，我们也加入其中，从孤单的一辆车，变成了车队，前面的车也是要去机场的。

旅游大巴在并不算宽敞的街道中行驶，坐在车中视线几乎与两旁的民房房顶在一条水平线上，才4点多街上已经开始出现铺设路障的当地男子，其中几个人企图用三轮车把车队将要通过的路口挡住，旅行车们尽量缩短车距，一辆接着一辆加速冲过路口，让他们无法阻止前行。一个男人见路障设置不成，便拍着车身用西班牙语大喊，司机毫不理会没有一点停下来的意思。我回头问懂西班牙语的蓓蓓他在说什么，蓓蓓说他在用很不礼貌的口吻喊着“回来”。

◎凌晨在普诺市区内“逃难”

◎小分队进入机场后，让人紧张得不得了

到达机场还不到凌晨5点，天依然没有一点要亮的意思，虽然此时是6月，但却是南美洲的冬季。普诺的机场和他处不同，2层的候机楼在一个大院子里，此刻院子的大门紧锁，谁也别想进去。各种旅游车只能停在路边，没一会就堆积了大概十几辆。司机熄火关灯，打开车门让大家透气，只觉一股寒意席卷车内，每辆车里都下来几个抽烟的人，但没有一个人敢离开车门太远。万籁无声，只见香烟头上的小红点不断闪烁。

终于熬到了天亮，机场铁门开启，我们下车后以最快的速度进入候机厅，和在玻利维亚拉巴斯机场一样，我们又是先于地面工作人员到达，幸好大厅一角的咖啡厅有店员准备开店，大家把行李一摆，十分顺利地先于其他人“占领”了有利地形。店员想必也是没想到这么早就有一大堆顾客等着买咖啡，变得手忙脚乱。可能由于太早，机场的空调也并未开启，我只好再次把行李打开，翻出羊驼毛毯和帽子，手捧着并不好喝但却很烫的热可可取暖，此时的感觉已经不是冷了，而是冻得要命。

时钟指针刚刚指向6点整，诸多头戴钢盔身着防弹背心手持盾牌和武器的武装警察列队进入机场在院子里集结排队。我们“啊”了一声，紧张地透过玻璃望向窗外，这可是真正的荷枪实弹，原来这场景只在电影和新闻里见过。“这是要攻占机场吗？！”“这要打起来咱躲哪儿啊？！”所有人都直勾勾地盯着武装警察动向，一个武装小分队进入候机厅，走向咖啡厅相反的方向。

“这儿不会有定时炸弹什么的吧？”身后有人压低声音带着微微颤抖说。我回过头看了一眼，只见所有的人，不仅仅是我们的团员，所有人的目光都被这一小队牵引着，甚至还有几个外国人站起身来伸着脖子想要看得更清楚。我拿起手机，用两根手指把画面放到最大，想用手机的变焦功能，让我看得更清楚一些——他们似乎并没有发现任何异样，转了一圈和机场工作人员交谈了几句，很快从另外一扇门离开走回停车场，我们长舒一口气。

随着时间的推移，进入机场的车辆越来越多，“这么多警察，怎么也不设岗检查一下啊，万一有犯罪分子混进来了呢？”我们忍不住小声嘀咕。此时一辆大巴停在候机楼大门外，呼啦啦从车上下来一群人，他们不是别人，正是前一天看到的和我们住在同一家酒店的那群吵吵闹闹的学生。“你看这车现在不也能开进来么？那咱们干什么那么早啊？”一想到白白早起了，我就觉得特别冤。学生们不知道是初生牛犊不怕虎，还是对混乱场面见怪不怪，像没有看见那些武装警察一样，没有进候机楼而是直接在院子里做起了游戏。

太阳越升越高，室内外温差也逐渐拉开差距，眼看着室外艳阳高照，尤其是那帮学生里还有人穿着短裤，而我们“占领”的咖啡厅却像冰窖一样，机场也完全没有打开暖风的意思。实在挨不住寒冷，我也壮起胆子走出候机楼。与我只敢远远偷拍警察不同，我们团里好几个大叔直接举着手机溜达到警察中间拍照。而因为早起心中满含怨气的我，问了一名学生才知道，他们4点半出门，只比我们晚了半小时出发，却在路上堵了6个多小时，而正常从酒店到机场的车程只需要1个小时。

随着乘客的陆续到达，机场的气氛不再像来时那样草木皆兵。警察们卸下身上的武器开始靠墙坐下休息，边晒着太阳边玩手机，我团大叔已经从给警察拍照变成和警察自拍，一会摸摸人家的枪，一会用手指敲敲盾牌，而后竖起大拇指表示对装备的肯定。停车场院内的小市场也开门迎客，部分警察悠闲地在小市场门口的椅子上喝起了可乐。

◎集结的武装警察们

在阳光的照耀下，我们几个人也放松了下来，逛逛市场，带着没有完全褪去的寒意在市场内选购了花花绿绿的羊驼毛裤腿，互相耻笑着对方腿粗了两圈的模样，一旁喝着可乐的警察高兴地举着他们的相机给我们拍照留念。我们怂恿蓓蓓问下警察到底是个什么情况，又害怕问人家国家的家务事会破坏这欢乐祥和的气氛，最终也没问出口。

与警察双手抱拳就此别过，直到登机离开普诺，机场恢复正常秩序，一切像什么没发生过一样。

一城一周末

饭局上，酒过三巡菜过五味，正当各位宾客聊完大天儿开始百无聊赖地拿起手机，等着东道主一句“那今天就这样吧”时，同事BB给我微信发来一张照片。照片中是一片片翘起的淡蓝色的冰。

“这啥？”我抬头瞅了一眼圆桌上坐在对面的她，回复道。

“贝加尔湖蓝冰。”

“挺帅哎，我搜搜。”于是打开网页开始搜索贝加尔湖，我搜到一张深蓝色冰面下全是白色气泡的图片，发给她。“你看还有气泡冰。”

我俩极有默契地再次抬头对视了一下，继续低头看手机。这次我们开始互相发起贝加尔湖旅行攻略。

对于贝加尔湖的认知我仅限于李健的歌曲《贝加尔湖畔》，倒提不上对这歌儿多喜欢，只是它红极一时，大街小巷电视广播里来来回回放的都是这首歌，没学过也能跟着哼哼上两句。这首歌据说是李健作为“俄罗斯旅游年形象大使”在游览过贝加尔湖后创作的一首歌曲。因为这首歌，让来到贝加尔湖的中国游客激增，据俄罗斯旅游局统计，贝加尔湖地区的中国游客数量在一年中增长了158%。

位于东西伯利亚南部的贝加尔湖，拥有着诸多“之最”。作为世界第一深湖，平均深度744.4米，2015年测得的最深处达1642米。作为亚欧大陆最大的淡水湖，新月形的贝加尔湖湖长

636千米，平均宽48千米，最宽79.4千米，面积达31722平方千米，总蓄水量约为23.6万亿立方米。23.6万亿立方米是个什么概念呢？大概能灌满240个青海湖、十几个渤海，更重要的是贝加尔湖中储备的全是能直接喝的淡水，它的淡水储量占全球地表淡水总量的20%！

贝加尔湖都这么牛了，人家也没忘记“进步”，储水量并没有因此而“停滞不前”，周围大大小小的336条河流仍在不断地为其补充水分，其中以全长992千米的色楞格河为代表，单单色楞格河一条河就凭“一己之力”为贝加尔湖提供了一半的年湖水补给量，而湖水仅仅通过叶尼塞河支流安加拉河流出，进多出少简直就是“湖中貔貅”。

要说贝加尔湖面积也不算最大，怎么就能有如此傲人的蓄水成绩呢？别忘了它可是世界第一深湖，我国渤海虽然面积约7.72万平方千米，但水深只有18米左右，相当于一个大水盆和一个小水缸的概念，所以即使贝加尔湖在世界几大湖泊中面积虽不能独占鳌头，但论蓄水量来说还是非常“能打”的。目前最主流的一种说法认为贝加尔湖大致形成于2000多万年前，形成原因和东非大裂谷差不多，印度板块和欧亚板块相互碰撞引发了一场大地震，地震导致曾存在于贝加尔湖以东地区的外贝加尔海消失，只留下了贝加尔湖。湖泊被迫与海洋相隔，足够久远的形成年代，一年又一年地让雨水、河水不断注入将咸咸的海水冲淡，最终变成了淡水。和乌尤尼盐湖相比一个是水没了光剩盐，一个是盐没了光剩水。因为处在著名的张裂地区，贝加尔湖其实地质活动相当活跃，甚至每年都会发生上千次地震，只是大多数地震都比较小，只能通过地震仪才能勘测到。

促使我和BB踏上贝加尔湖之旅的真正原因，其实是机票价格，从北京搭乘S7航空到距离贝加尔湖最近的城市伊尔库茨克加上税往返才1900块钱，而且这航空公司还正正经经的是星空联盟成员，虽然起飞时间差一点——凌晨5点起飞，但面对如此实惠的价格，早起也就不再是万难之难了，果然“贫穷才是最可怕的恶魔”。

冬季的贝加尔湖平均气温在零下38℃，1月开始结冰，5月才会化冻。前思后想，我们把出发时间定在了看蓝冰的最佳时间——3月，而我们做出这个决定时还是前一年的12月。由于距离出发的时间太远，我们很难判断3月的时候会不会有什么工作上的事情，BB也不像我一般，时间相对自由，反正贝加尔湖上就南北两条旅游路线，我们对旅行的诉求也不高，只要能亲眼见到蓝冰和气泡冰这趟就值了，于是我们做出了一个疯狂的决定——用一个周末的时间跑到另一个国家去玩。周五请一天假早上5点从北京起飞，飞行3小时达到俄罗斯，周一凌晨2点起飞，到北京时才5点，在早高峰到来之前我们就可以直接从机场到公司上班。当一旦做出这个决定之后，我们之前的千般思量、万般犹豫也就显得多余，只等3个月后的“凛冬将至”了。

办俄罗斯签证没什么难度，网上的代办一搜一大片，只是使馆也太爱放假了，导致我们起个大早赶个晚集——差点就来不及办签证。这都怪当年清政府，我国其实从很早开始就对贝加尔湖有了历史记载，《汉书·苏武传》中所说的“北海”就是今天的贝加尔湖，苏武当年就是被流放在贝加尔湖牧羊19年。不过那时候汉朝还没从真正意义上管理贝加尔湖，匈奴、鲜卑、柔然、突厥轮番掌控，直到唐朝在漠北设置了行政机构，贝加尔湖正式进入大唐版图，这里被称为“小海”。到了元代，被称作“菊海”的贝加尔湖再次进入中国版图，设立了“岭北行省”。在清代这里改名为“白哈尔湖”，再次受到中央政府的管辖。后来为了集中力量平定准噶尔丹的叛乱，清政府就把这块距离中原地区遥远、天气寒冷、环境恶劣的“不毛之地”，在签订《尼布楚条约》《恰克图条约》后拱手相让给沙俄。要没这些，我们去看蓝冰就不用办签证了。

3月贝加尔湖上的冰已经结得非常厚，足以承载汽车重量，所以在前往湖中心的奥尔洪岛时已经不需要搭乘气垫船，汽车可沿着路标在湖面上行驶。“道路”有些迂回，问司机为什么不直行选择最近的距离呢？他说路是由岛上的居民勘测过的，路标之外可能冰的厚度还不够，车会有掉下去的风险。他这一说不要紧，我和BB反而紧张了起来，只盼着赶紧到岛上，脚踏实地心才能踏实。但没想到上岛的路，才是异常崎岖坎坷，与其说是路，不如说是大土坡，司机把自己的轿车当作越野车一样翻山越岭，我俩在车中上下翻飞。

奥尔洪岛是贝加尔湖27座岛屿中最大的一座，也是唯一一

座有人居住的岛屿，距离岸边有27千米之远，就在湖水最深的位置上。岛呈细长条形状，面积不大但有森林、草原、沙漠。我们当晚要居住的地方就是岛上最大的村镇——胡日尔村（Khuzhir）。

胡日尔村内尽是一排又一排的小木屋，我预订的旅馆位于萨满石不远处，旅馆的主人是一对老两口，一直笑嘻嘻的老奶奶会几句英文，而憨厚寡言的老爷爷则只会说俄语，我们之间的交流全靠手机的翻译功能。老爷爷把我们安排在后院的木屋里，

1|2

1 清晨胡日尔村

2 金刚砂牌手纸的感觉至今不能忘怀

木屋有个小客厅，推开一个小木门就是我们的房间。可能是因为天太冷，一路上也没想着上厕所，这一暖和过来，BB率先冲进厕所，没过一会儿只听“啊”的一声惨叫，吓得我直接从床上跳起，扒着卫生间门问她怎么了。

她说：“这手纸……也太疼了……能帮我从包里拿包餐巾纸么？”

“我以为出什么大事了呢！吓我这一跳！你怎么那么娇气啊，擦个屁股还穷讲究！”

“不是，真的这纸没法用……你快点帮我拿纸！”

待她从卫生间出来，我给她翻了大白眼儿也去上厕所，坐在马桶上看着那颜色灰不拉几的手纸是有点粗糙，长得特别像我小时候用过的那种由书本报纸打成纸浆再制造的草纸……结果只听我“啊”的一声惨叫，卫生间外传来BB狂笑，“我说这纸没法用吧！你还嫌弃我”！

“天啊！这纸是用刀片儿做的吗？！别说擦了，碰一下身体就好疼啊！”

我最爱的情景剧《我爱我家》中有一集讲的就是主角和平参与了金刚砂牌手纸有奖销售后中大奖的故事，剧中老傅说这牌子听起来就疼，居委会大妈说拿这手纸擦锅底铿亮，看剧时只当是个夸张的笑话，没想到在20年后我竟然在俄罗斯真正地用上“金刚砂牌”，《我爱我家》瞬间在我心中就从情景喜剧变成了纪录片。

休整完毕，我们决定去村子里转转，此时已接近黄昏，西伯利亚的寒风比我们到来时刮得更猛烈一些。村子各处散落着废弃生锈的汽车和船只，看不到一个人，也是，这么冷的天谁没事在外面站着呢？偶尔看到一两只遛弯儿的奶牛和大狗，感觉特别朋克。走到胡日尔的主干道，本想随便找家路边餐厅解决晚餐，不知是周末休息还是封闭性太好，每栋看起来像餐厅的小房子都紧闭着大门，也看不到灯光人影，胆小的我们不敢贸然推门进去。还好主干道的尽头是村子中最大的超市，一进去满是游客和当地居民，我们采购了卫生纸、零食和一些不知道是什么的点心，想用吃东西来打发寒冷而无聊的长夜。

回到房间，老爷爷正在给客厅的土暖气加柴火，木头在火

1|2

1 空无一人的主街道

2 冰上战车“小钢炮”

炉中噼啪作响。加完柴，老爷爷用俄语特意和我们嘱咐了一些什么后才转身离去，面对着滴里嘟噜的俄语，我俩自然是一句也没听懂。火越烧越旺，房间里已经燥热到要穿短袖，嗓子也干到不成，我们只好打开窗户降温，但外面实在太冷了，窗户刚刚开了一道缝，就给我们冻得立刻关上，往复几次我俩只好用身体贴着玻璃，以此给自己降温。一夜燥热，让我们无法安眠，接近天亮柴火快烧完时，才迷迷糊糊睡下，醒来时两人的嗓子疼到不行。

用过早餐，我们开始贝加尔湖北线的游览。底盘超高的灰色面包车——人送外号“小钢炮”是贝加尔湖冰上行走的重要工具，上车后发现已经有几个来自不同地方的游客坐在车里。车内顶部用皮子包了一层厚厚的海绵，和车内其他设施比起来显得有一些奢华。本以为贝加尔湖的冰面会像人工溜

◎要没这层海绵，我已经脑震荡了

冰场一样平整湿滑，但实际上途中会常常遇到翘起的冰断层。湖水结冰时，冰中气泡产生压力变化，压力一变，冰就会裂开，加上当地温差导致的热胀冷缩，冰像从湖底长出来一样，将白色的大地撕裂，形成天然路障。遇到小路障时，所向披靡的“小钢炮”会直接从上边压过去，引起车身剧烈晃动，我们也在车里“七上八下”，要是没有头顶的这块厚海绵，感觉自己早就被磕晕过去。当遇到大路障时，车则只能绕道而行。贝加尔湖的冰虽然厚实，但也不代表着百分百安全，在过去十几年中发生不少人与车一同坠湖的惨案，打捞出来的不仅有几百辆汽车、雪地摩托，甚至还有小飞机。

每到一个景点，司机都会与车上游客约定停留时间，但景点都叫什么，我也不太清楚。显然大家都是有备而来，BB特意穿着长裙我则带上了秘鲁购买的民族风斗篷，都想在此拍出美丽的照片。但从冰挂洞穴下车那一刻开始，我们就知道自己输了。同车的情侣放飞无人机，躺在冰面上上帝视角拍出了荡气回肠的照片，这让我们羡慕不已，好不容易鼓起勇气想问下人家能否也帮我们照一张时，在如此低温下，对方的无人机没电了……这让我暗下决心回北京一定买一台无人

机，结果不巧的是自己家在禁飞区，没有机会练习飞行，让我的无人机在角落落灰至今。

当我俩正在因别人的无人机照片而嫉妒到面目全非时，没有一点点防备，梦幻般的大片蓝冰就这样毫无掩饰地出现在我们眼前。我们知道，通常水结冰后是无色透明的，但只有形成了千万年的冰川冰，在经过漫长的岁月，变得厚实而坚硬，里面的空气越来越少、气泡越来越小，阳光照射后发生色散，波长较短的蓝色光波被散射出来，才会呈现出如天空般的蓝色。水越是纯净，蓝色则越是明显。

第一次看到如此大片蔚蓝的冰，什么“蓝水色似蓝，日夜长潺潺”、什么“蓝叶郁重重，蓝花若榴色”等美妙诗句，这一刻都想不起来了，只会一遍遍重复着“真蓝”“好蓝”“太蓝了”这样苍白而质朴的形容词，我们的词汇量也真是贫乏到一定程度了。跑到蓝冰之中试图挪动一块，但蓝冰的重量显然超出了我的预期，吃奶的劲儿都使上了，冰块依然纹丝不动。我一会在冰面上打滚儿，一会像毛毛虫一样趴在冰上蠕动，一系列现在看来匪夷所思的幼稚行径，足以表达我当时的兴奋，趴在冰面上向下看，能清楚地看到埋藏于湖底的石头。贝加尔湖，非一般清澈。

我们是在一片森林中解决午餐的，司机在车里架了个小木

◎心机的我为了拍照好看，带了秘鲁的民族风毯子

◎终于见到了蓝冰

板就有了小桌子，从收纳桶中拿出各种食材，一边在野地里起锅烧水，一边打发我们到森林里转悠转悠。这大森林的，我们哪儿敢走远啊，也就走出几百米，刚觉得四下太安静了就赶紧往回返，扒着车窗看司机在车内切面包。司机递上一杯热茶，虽说在冰面上摸爬滚打半天，但由于事先贴好了暖宝宝倒也没觉得寒冷，那杯热茶在手，反而想起了刚才的冷。此时外面的鱼汤已经煮好，就着干冷的面包和温热的香肠，这样的野餐虽然不太合胃口，但置身于粗犷的战斗民族，如此豪迈倒也在情理之中。

回到胡日尔村时，已经是下午4点多，整个下午一直在冰上各处行驶让车上乘客不禁产生审美疲劳昏昏欲睡，当我刚要睡着时司机突然就玩上了冰上漂移，吓得全车人吱哇乱叫，我肚子里中午那点鱼汤差点让他给甩出来。“小钢炮”把我们放到旅馆门口，我们也顾不上休整马不停蹄地前往萨满石准备看日落。萨满石离我们很近，步行5分钟即可到达。胡日尔村被认为是北方萨满教的中心，每年都会有很多萨满教徒前来朝圣。“萨满”一词来源于西伯利亚北部放牧驯鹿的埃文基人，原意为“智者”。萨满教是一种原生性宗教，它不是创生的，而是在人类原始社会阶段自发产生的。没有宗派、没有教义，信奉“万物有灵论”。我曾经一度痴迷于俄罗斯一档叫作《通灵之战》的节目，每一季都会召集来自世界各地的“神棍巫婆”们汇聚一堂，用他们超自然的力量完成各项任务，而每季中都会出现几名色彩艳丽、搭配繁杂的神秘萨满。

到达萨满石时，虽没见着萨满，倒是真真切切地了解到胡日尔村里的游客到底有多少，太阳刚刚变成橘色，各种相机三脚架早就占据了有利地形。我挤进人群之中，在“长枪短炮”间默默掏出了手机，刚拍一张，手机就因温度过低迅速显示低电量，我只好又把手机揣进怀里，希望它能暖和起来。

这也许是我人生中见过最美的一次落日了，美到我甚至相信这地方是有“神力”的，当太阳渐渐降落到萨满石身后，岩石散发出奇异的光芒。此刻，温度也随着太阳的落下而直线下降，与之成反比的是越刮越猛的风。当我试图从怀里掏出手机再照一张美景时，厚厚的手套让我无法按动拍照按钮，仅用嘴咬下手套的一瞬间，手机啪的一下黑屏自动关机了。也就是在这一瞬间，没戴手套的右手已经被冻僵。萨满石处的风越刮越大，像刀片一样刮得脸生疼，不禁让我冒出眼泪，可当眼泪还噙在眼眶中未流下时，已然冻成了冰碴，眨一下眼小冰碴刺激到眼球就流出更多的泪，感觉自己的隐形眼镜马上就冻碎了，于是赶紧招呼BB离开。再看BB，她长长的睫毛也早已因为哈气而挂满白霜，我们一路喊着“太冷了！太冷了”！一路小跑回到旅馆。

因为要提早离开贝加尔湖回到伊尔库茨克赶半夜的飞机回北京，南线我们只能放弃拼车，单独租一辆汽车简化路线，要求不高，只要能看到气泡冰即可。这次来接我们的不是“小钢炮”，而是一辆破旧的右舵车，在都是左舵车的俄罗斯，突然出现一辆这样的车有些奇怪，我们也没在意，本是有说有笑地去了几个景点打卡，但万万没想到这份欢乐祥和被一辆警车打破。

警车里的两位警察不知为何逼停了我们的车，司机下车后和警察说了许久，本来以为只是简单盘查几句就可以放行，随着司机与警察交谈的时间越来越长，眼瞅着司机的脸色越来越差，不明所以的我们开始有些发慌。赶紧给旅游公司负责人发微信告诉我们现在的状况，旅游公司的人给司机打电话后，只告诉我们两字“没事”，但问他司机到底为什么被扣，却没有回复。检查完司机警察开始向我们索要护照，拿到护照后非常严厉地说了一大通俄语，我们自是听不明白，让警察对着手机翻译软件说，想弄明白他们到底在说什么，别的没翻译明白，就翻译出我们没有办理签证要罚款6000卢布并拘留。看到罚款和拘留这几个词我们陷入迷茫之中，签证不是在上边贴着么？我们再次给旅游公司打电话，把手机递给警察让旅游公司的人帮我们翻译一下到底怎么回事？不是查司机的车么？怎么又查到我们头上了？接回手机，旅游公司又说没事，别搭理他们就成。我有点急，什么叫没事？警察就站在我面前，我们能不搭理他们吗？说了什么总要翻译一下，旅游公司又叫我们把手机拿给司机，看着他们来来去去地沟通，但就是不告诉我们到底发生了什么。

我们依然试图用翻译软件和警察交涉，告诉他我们是周五到达俄罗斯，就住在岛上的旅馆，今天就要离开，我的翻译软件也是和稀泥，警察明显也没看懂我们在说什么。时间已经过去40多分钟，估计实在和我们无法沟通明白，警察一扭头上车头也不回地走了……这让我们更加困惑，我们刚才到底经历了什么？司机上车后明显心情变得很差，在又打了几个电话之后，通过翻译软件说需要尽快把我们送到岸边，否则会有严重的问题。到底是什么严重的问题呢？我和BB开始在网上搜索是否有人也有相似经历。不搜不知道，相关经历还挺多，但内容大多指向负面，还有一个女孩被罚过2000卢布，但据说被中饱私囊。仔细翻阅领事馆信息，原来在到达俄罗斯后的7个工作日内需要办理“移民居留登记”俗称“落地签”，一般由所住酒店协助办理，可我们旅馆的老奶奶也没说要办呀？莫非是因为周末不能办理的缘故？我们只有这个周末在俄罗斯，没到工作日就要回到北京，也没有办理的时间和机会了。反正无论如何这篇儿终于是翻过去了，而且即将就能看到我心心念念的气泡冰，满是期待。

汽车一路疾驰，转眼间就到了贝加尔湖的岸边，司机不由分说地帮我们从后备厢中拿出行李，放到了已经在岸边等待的另一辆车上，我们茫然地上了另一辆车，天真地想着去看气泡冰还要换车么？没想到第二辆车径直就往大路上开去，我急忙叫停司机，BB迅速给旅游公司打电话，大老远来的就为看眼气泡冰，怎么这就回去了呢？在我们气急败坏的投诉之后，来接我们的车返回岸边，前一辆车的司机没过多久也返了回来，神情紧张地表示可以去看气泡冰，但时间要抓紧否则他会有大麻烦，我们只是想看一眼照张照片啊！因为旅游公司的闪烁其词，导致我们心情低落异常，同时看着司机的表情不免有些担

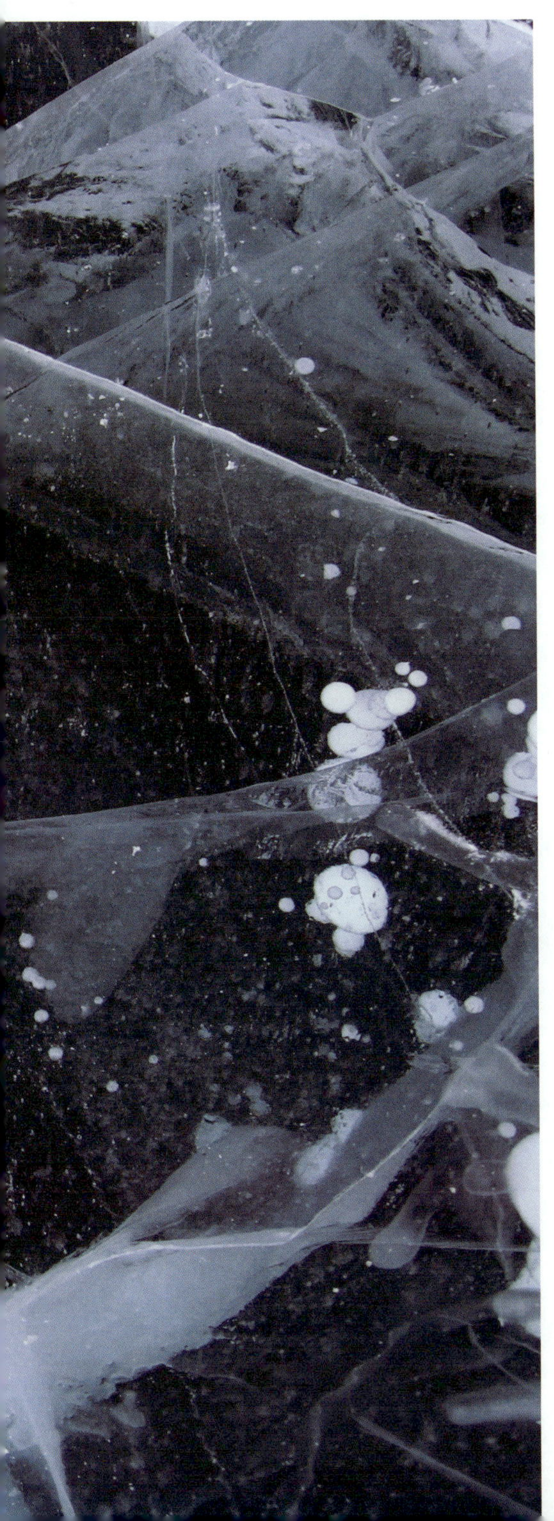

心，毕竟偌大的湖上只有我们三人，何况我们面对的还不是别人，是战斗民族的男人。

我们所有的不安、不满在看到气泡冰的那一刻被挥之脑后，贝加尔湖湖底的有机物分解形成不溶于水的甲烷气体，甲烷冒出的时候湖面已经结冰，气体形成的一排排气泡就会被禁锢在水下，随着冰层的加厚，就形成了冰冻的气泡。大片的气泡冰与蓝冰一样同样让我们这些外来客感到震撼，为了缓和和司机紧张的关系，我们把从中国带来没吃完的自热火锅送给他，这是自遇到警察后他脸上第一次露出笑容。

周一早7点，在距离正式上班前2个小时，我和BB已经心满意足地坐在办公室，开启新一周的工作。

◎差点没看成的气泡冰

我中奖啦

小女不才，今生最大的愿望就是“不劳而获”，但碍于现实惨淡，至今仍然为能有一天达成“不劳而获”的目标而不断努力地工作着。虽说一边埋头工作，但也不忘时不时地仰头看天，万一一张馅饼砸下来呢？这不，就还真有一张馅饼掉了下来，恰巧，我还就张嘴接到了。

彼时，手机里还没有出现各种短视频APP，我还不会因为一条接连一条的几十秒视频占据整晚的时间，尚会追一些喜欢公众号内容，美其名曰“碎片化阅读”。就在某一日我喜欢的博主发了一篇征集活动，某啤酒品牌将在留言互动中选取一位幸运儿前往塔希提岛围观世界冲浪联盟WSL世界冲浪巡回赛的一站。我立刻在评论区洋洋洒洒地写了一段自己的旅行经历以及为什么值得获得该机会，又顺藤摸瓜地找到其他几位KOL的公众号下继续留言。虽然心中充满着期许，但我知道这件事基本上与我无缘，因为我身体有硬伤——酒精过敏。留言之后也就把这事儿抛之脑后了。

就在我几乎把这件事忘记之后的某一天突然接到一通电话，电话那头女生告诉我中奖了，并需要我配合做一些出行前的前期调查。初接电话时我还以为是品牌方找我谈公司项目合作，在对方接连几个问题之后我又开始怀疑对方是不是诈骗电话。直到挂了电话，我才回味出喜悦，高兴地在办公室蹦跳转圈。

去塔希提，是我迄今为止，中过最大的奖了。

在我前往塔希提岛的那年，全球可以直飞塔希提岛首府帕皮提（Papeete）的城市总共有三：东京、洛杉矶和奥克兰。从中国出发首选东京转机，因为东京过境不需要另外办理日本签证，其他无论是从美国还是新西兰哪怕是转机都需要该国签证。几位KOL分别从北京、上海和香港出发，所有人都将在东京会合。

因为长这么大从未有过如此幸运的事情落到我的头上，所以哪怕在办理签证的时候心中依然忐忑，害怕中间发生什么变故，直到真正来到首都机场T3航站楼的值机柜台前，才让我感到真实近在咫尺。可高兴还没几秒，就被值机柜台工作人员通知当天东京会有几十年不见的特大台风过境，我们的航班可能取消，建议直接打道回府。回家？！我人都到机场了，怎么可能回家！求问柜台我们是否可以值机等待，万一可以飞呢？工作人员说倒也不是不能值机，就是不能飞的话还要把行李取出来会比较麻烦，我们毅然决然地决定办理值机，过海关等待。

登机口处已经有不少人在等待，原来决定值机的乘客不仅仅只有我们，我们一边紧紧地盯着相关航空信息和台风预报，一边和群里上海出发的工作人员互通有无。此时早于我们航班同样飞往东京的飞机已经起飞，我们似乎看到了希望，问能否改签更早航班，但可惜之前的航班已满，能做的只是等待。原定9点的登机时间已到，登机口堆满了人，但工作人员的答复很暧昧，只告诉我们还在等通知，眼瞅着比我们晚20分钟出发的日本本土航空已经呼唤乘客登机，大家开始激动起来，感觉我们也快登机了，但依然没有任何消息。问为什么同样是飞东京，别人能飞，而我们却飞不了，工作人员又是说他们只能等通知。早上7点多到机场接到下午2点或许能飞消息时已经是中午12点多，而此时我在东京准备飞往北京的朋友，也发了东京机场现状视频，彼时台风正在过境，风大雨大到外面白茫茫一片，令人绝望。在北京和上海都无法出发时，香港出发的KOL却顺利起飞，这让所有人的情绪变得焦躁起来。大家不断追踪着各路航班的航空轨迹，大量飞机在东京盘旋无法降落，而我们心中最后的希望是塔希提岛飞往东京的飞机也在无法降落的行列之中——或许我们还能赶上飞机。

延误至2点起飞时间又变成下午4点，此时塔希提航班也已经落地。品牌方的票务供应商联系到塔希提岛方面说飞机会等我们到晚上8点40分，如果我们能赶在晚上8点前到达东京一切还都来得及，这也是我们能准时到达塔希提岛的唯一希望，因为塔希提岛到东京的航班一周只有这一趟。时间一分一秒地过去，晚上6点的时候北京方面终于通知可以登机，而上海方面已经被航空公司拒绝登机在等待提取行李，与此同时香港出发落地东京的KOL打开手机发现群中上百条情绪激动的聊天记录，弱弱地发了句“你们没有出发吗?”便被淹没其中。因为记性不大好，所以我有保存聊天记录的习惯，如今再看一遍当年的聊天记录时，依然能急出一身汗。

就在北京方面犹豫要不要登机去东京的时候，此刻在东京的塔希提航空已经显示登机，说好等我们到8点40呢？北京方面

◎塔希提岛的黎明

的人开始庆幸没有“搏”一把地登机，否则我们将面临的是被日本遣返。而当我从北京海关返回，等行李取出，拖着疲惫的身体回到家时已经是晚上9点……在机场滞留的12个小时，让我对T3国际出发大厅如数家珍。

好在品牌工作人员给力，迅速重新定好从洛杉矶转机的机票，但可惜抽中我的KOL和其中几位中奖者因为没有美签而不得不放弃这段行程。在11+8小时的飞行后终于落地帕皮提，这里简称“PPT”，令人闻风丧胆。

两段长距离的飞行让我对时间的认知早已混乱不堪，机场到达通道一侧乐队迎接旅客的歌声混杂着热带黏湿的空气，大脑已进入混沌状态，看着远方天空微微露出的粉色，塔希提岛的新一天即将开启。

塔希提岛(Tahiti)，是法属波利尼西亚社会群岛(Society Islands)中最大也是最著名的岛屿，我们港台同胞把此地翻译成“大溪地”。岛上的居民以波利尼西亚人为主，在我去夏威夷旅行的时候也曾参观过那里的波利尼西亚文化中心参观。在地图上将夏威夷、新西兰和复活节岛为顶点画一个三角形，这个三角形被称为“波利尼西亚三角”，区域内都被认为是波利尼西亚文化所覆盖的地区，北京冬奥会时令人印象深刻的萨摩亚运动员小伙儿，也是在此列之中。

波利尼西亚祖先从东南亚出发踏上征程，历时几千年跨越上万里，在新的岛屿上生根发芽，一代代繁衍。从公元3世纪起，塔希提成为了波利尼西亚人的家园。

16世纪，欧洲人的探险热潮打破了波利尼西亚人原有的生活轨迹，先是麦哲伦在1521年发现了普卡普卡环礁（Pukapuka Atoll）。后有英国上尉萨缪尔·沃利斯(Samuel Wallis) 1767年乘坐“海豚号”首次登陆塔希提，并命名为“国王乔治三世岛”。可就在不久后，在不知道沃利斯已抵达岛屿的情况下，继麦哲伦之后进行环航的法国探险家路易斯·安东尼·德·布干维尔(Louis Antoine de Bougainville)在塔希提岛的对面登陆，并给这个岛起名为“新西泰尔岛”。当他回到欧洲以后，把此岛描述为有着“高尚的野蛮人”和“维纳斯般女人” 一起居住的人间天堂，这让欧洲人对这些岛屿的迷恋到达了巅峰。1880年，当时掌管塔希提的波马雷王朝五世国王在重压之下把塔希提及大部分属国转交给法国，成了法国的殖民地。直到20世纪70年代，法国诸多的殖民地都已经独立，未独立的殖民地也都变成了法国的“海外省”，而法属波利尼西亚依然是法国的海外领地，所以我在前往塔希提时是在法国签证中心办理的法属波利尼西亚签证，据说拥有法国签证是可以直接前往法属波利尼西亚的，而法属波利尼西亚签证则不能前往法国。

我被种草塔希提岛不是因为高更，也不是因为毛姆，而是因为小时候看过的韩剧《皇太子的初恋》，那部剧让我真真切切地看到什么叫水清沙幼，让我对这位于地球另一端的世界顶级海岛心生向往，甚至成为我遗愿清单（bucket list）中重要的一条：我希望在游遍世界知名海岛后，将塔希提作为海岛度假的终极之旅。可谁承想游戏还没打到关尾呢，“大boss”就这么跳级出现了。

要说在这种海岛怎么玩？其实就是躺着，拿出个十天八天选择心仪的岛屿和心仪的酒店，主岛作为中转站停留一晚，而后跳岛去躺着。可惜我的时间有限加上因为台风损失了一天，大部分时间都在塔希提岛主岛，这也让我在回家后，没有因为“去过了”而着急地将它从遗愿清单上划去。心中默念：终有机会，我会再去。

当接驳车到达酒店拉开车门的那一刻，我就爱上了这里。行李员小伙子不若曾去过的其他酒店一般或穿着笔挺的西装或身着颜色鲜艳的度假衬衫，而是赤裸着上半身，坚实饱满的胸

◎最后还是找到机会和行李员小伙子合影了

肌因为搬运行李而微微抖动，健硕的大臂也因为提起手提箱而爆出血管的痕迹，那如雕塑般的身材配上他英俊的面庞，直叫人不自觉地咽下口水。再看其他同行小伙伴，也直勾勾地看着行李小哥，直到工作人员叫我们去办理入住手续大家才回过神来，忍不住地互递眼神儿，满脸挂着娇羞的笑容。待各自进入房间安顿好，我躺在柔软的床上，没头没脑地在群里发出“绝了”二字，本不太相熟的其他人，开始极有默契地在群里发自己的“战利品”——刚刚偷拍到的行李小哥照片，大家色兮兮的样子一下拉近彼此之间的距离。什么时差啊，舟车劳顿啊，我只想赶紧把自己收拾得漂漂亮亮的返回大厅和行李小哥合影。可我这人啊，也就是嘴上厉害，真到急匆匆下楼的时候，又害羞不敢和人家搭话照相了。

没能赶上WSL世界冲浪巡回赛在大溪地著名浪点泰阿胡波（Teahupo'o）的比赛，算是此次行程的最大遗憾，而活动的原本计划就是冲着这场比赛而来。为了让自己显得不要太无知，我还提前关注了WSL的官方账号，可因为飞行时间的延后，在我们在洛杉矶转机的时候，正是比赛当天，只有从中国香港出发的两位KOL幸运地观摩了比赛，而那两位正是我国冲浪界的顶尖高手。塔希提岛的沙滩浪点非常少，一般都是玩3米以上的礁石浪，而且都是带管浪的那种。所谓管浪，就是大浪势如巨大的管道，冲浪者可以横穿于“管道”之中。泰阿胡波是世界上最危险的浪点之一，原意是“头骨墓地”，以急、厚、大著称，海床是珊瑚礁。因为浪点不在沙滩上，想观摩这样的赛事是必须搭乘快艇前往。看着两位朋友拍回来的视频，他们的小船在巨浪中上下起伏，心中竟然有点窃喜没有赶上，光看视频就已经有晕船的感觉了，何况自己在船上乎？

当然，既然是来“浪”的，冲浪体验必不可少。说来惭愧，我本是冲过几次浪的，而且都是在诸如澳大利亚黄金海岸、夏威夷等这般冲浪胜地，但每次间隔时间极长，所以每次都是从零开始学习。在塔希提岛，自然也不例外。虽然塔希提岛的沙滩浪点不多，但也并非没有，只是在沙滩浪点小朋友居多，人家都是从娃娃抓起，别看年纪只有几岁，但“浪龄”

却一点都不小。我们冲浪的沙滩，沙子如煤炭般黝黑，质感和在夏威夷、加拉帕戈斯去过的必须穿鞋行走的黑沙滩颗粒感明显不同，这里脚感又细又软，脚趾深深抓进沙地，温暖而又舒适，只是这犹如粉末般细腻沙子粘在脚底板上像被涂成黑色，怎么都清理不干净。

对于我这种级别的初学者，冲浪只不过是一次次地从板子上掉入水中，再一次次艰难爬上板子，划向深处，而后再次掉入水中往复循环。塔希提岛的浪远没有我在澳大利亚时候的温柔，很快体力便消耗殆尽，只好躺在沙滩上大口喘气。一位皮肤黝黑、身材匀称的姑娘穿着比基尼从我眼前走过，要知道这

◎冲浪胜地的初学者

种身材在以胖为美的波利尼西亚文化中并不多见，多数女孩都是肉肉的。吸引我的不仅仅是她优渥的身材比例，还有她盘腰而上的魔鬼鱼文身。在波利尼西亚文化中，文身是重要的组成部分，也是塔希提岛人为之自豪的文化部分。甚至在塔希提岛旅游局官网中可以查询到群岛各地的文身店联系方式，这在其他地区旅游局不多见。

据当地人的说法，文身的英文Tattoo一词，便起源于塔希提岛的Tatau。

关于文身，在大溪地相传是波利尼西亚苍穹之上的万物之神坦加洛亚（Ta'aroa）给自己的儿子们身上的绘刻之法，而后神之子又将文身之法授予人类，所以坦加洛亚的两个儿子Matamata和Tū Ra'i Pō也因此成为文身守护神。“文身之神”创造了海洋中各种鱼类的颜色和纹理，为每种纹理图案赋予了意义和生命，每一个符号都具有独特的意义。人类学家Anne Lavondes认为“文身并非必不可少，但如果不被波利尼西亚人接受，那么早已消亡殆尽了”。文身从某种意义上说已经成为一种载体，是波利尼西亚人身份的象征。所以在塔希提岛的大街小巷，无论男女、无论年龄（未成年人除外）都可以看到满是文身的人。在路上看到最酷的一位，是位身材丰腴的大妈，在她的卡车里一只手手握方向盘，另一只手则搭在摇下的车窗外，随着车里的音乐有节奏地拍着车门，手背上的文身和涂成荧光粉的指甲交相辉映。而此刻看到女孩的文身则是我所见到最美丽的一个，这让我十分动心，追上去问她能否拍一下她的

文身，她欣然同意，并告诉我她去的文身店地址。是的，我已经非常动心，想在文身的发源地做一个文身了。

如我开头所述，致敬这类海岛的最佳方式就是躺着，但即使是躺着，也有着一千零一种不同的卧姿。虽然没有充足的时间跳岛住宿，但这么大老远飞来，只乖乖停留在主岛我们又怎么能甘心呢？到著名的波拉波拉岛（Bora bora）需要1个小时的飞行时间，而渡轮只需40分钟到达的茉莉亚岛（Moore）就成了我们的首选。在白色的渡轮上，我见到了生平从未见过的如此斑斓的蓝色。时而是宝石般的蔚蓝色，时而是如墨水般深邃的墨蓝

1 | 2
  | 3

1 前往茉莉亚岛

2 3 即使照片也无法记录下塔希提岛海水那么丰富的蓝色

O'hana
THIS IS LIVING
BAR
THIS IS LIVING
Corona
Extra

◎逍遥自在水上酒吧的一天

色，时而是清澈能见底的透明色，时而是我无法用文字形容出来的蓝紫色，整整40分钟，我全程盯着渡轮窗外的大海，惊讶到不能自已。终于理解这里为什么被称为“最接近天堂的地方”，不，这里就是天堂！

我们一行人基于爱好不同，自然分成两队，一行人选择在酒店的潟湖中和鲨鱼、魔鬼鱼一同浮潜。而我所在的小分队则在茉莉亚岛搭上一辆车漫无目的地环岛游。看到好看的地方，就停下看看风景，走累了，就在路边的公共沙滩席地而坐，看着不远处树下的年轻情侣卿卿我我。同行的小伙伴拿出无人机四下飞飞，发现公共沙滩不远处就有着一排排的水上屋。说起水上屋，首先会想到马尔代夫，但实际上塔希提岛才是水上屋的发源地。1967年，世界上第一座用传统露兜叶茅草屋顶房建造在波拉波拉岛蓝色潟湖之上，游客为此趋之若鹜，而后水上屋渐渐出现在不同国家的岛屿之上，只可惜我从未住过水上屋，贵，是最主要的原因。

虽然没住过水上屋，但我们这趟也不亏，主办方把我们所有人拉到主岛附近一处水上酒吧，在那里玩了整整一天，四舍五入也算是住过水上屋了。水上酒吧，是我自行起的名字，实在不知道那个地方该叫什么，那是位于海中央一处足足可以容纳30人自由活动的木质水上人工小岛，需要坐快艇前往。酒吧里来自世界各国参加此次活动的男男女女汇聚一堂，喝酒、烧烤、浮潜、游泳、聊天、玩桨板、钓鱼、喂海鸥，直到夕阳西下，大家慵懒地靠在一起看日落。要说那天做了什么特别有意义的事？其实并没有，但就这样放下一切城市纷扰，于大海之中放空身心，也觉得充实。鲍勃·马利(Bob Marley)的《*Is This Love*》一整天都回荡在海面之上，把主办方“This is living”的口号发挥得淋漓尽致。唯一可惜的是所有人都开心的“吨吨吨”着不限量的啤酒，只留我一个酒精过敏的人干瞪眼。

非要说塔希提岛有什么不好，那就是物价贵，如果非要给它加上一个形容词，那就是“真贵”。在酒店游泳池晒太阳时点了一杯果汁，价格堪比“宫廷玉液酒”。不过也有实惠的地方，街上的商店大多在四五点就关了门，市中心的广场上却凭空冒出一个夜市，在这里可以发现来自世界各地的美食，汉堡热狗冰激凌就不必多说了，炒饭、炒面也可以在此寻到，火炉

◎宫廷玉液酒，一百八一杯

上的大块牛排被烤得嗞嗞作响，价格还没我在酒店点的一杯果汁贵。人间烟火，不就是穿着吊带、拖鞋在夜市昏暗的灯光下大快朵颐么？

离开塔希提岛的那天，我依然没有忘记文身的那档子事儿，向酒店一位满是文身的服务生咨询哪里有尚佳的文身店，恰巧在机场附近就有一家，而店老板还是几届文身大赛的冠军。犹豫片刻便拜托其他小伙伴一会帮我把行李直接带到机场，而我则直接飞奔到文身店，迅速选好图案——一只当地图腾的魔鬼鱼，和文身师掐算好时间，立即开文。这已经不是我第一个文身了，我的每个文身对我来说都有着特殊的意义，也有着不同风格，有中国水墨的文字，也有强调绘画功底的图案。老板见到我这身来自东方的文身，招呼同伴前来观摩，不断发出啧啧感叹之声，说从未见过这样的风格。因为文身是波利尼西亚文化中的重要组成部分，所以它的图案除去美观本身就具有意义，老板告诉我魔鬼鱼图案中的小符号有的代表勇敢、有的代表坚强、有的代表机智，我问他有没有代表“Rich”的，他呵呵一笑没有作答。

文身结束，我抹着厚厚的凡士林、贴着保鲜膜登上返程的飞机。飞行在夜空，一轮明月挂在舷窗外。

满地都是六便士，他却抬头看见了月亮。

——毛姆《月亮与六便士》

巴黎时装周

坦白说，在我的旅行梦想地清单中，巴黎并未榜上有名，欧洲想去的城市很多，却唯独没有巴黎。倒不是觉得那里有什么不好，只是觉得她和我有点挨不上边。要说浪漫之都，我一个从小在胡同里追跑打闹的孩子一点浪漫气息都没有；要说时尚之都，我这一件衣服能穿好几年，要不是发胖不得不买衣服的人和时尚更是沾不到边；要说美食之都，这我可不服气了，我泱泱大国好吃的可太多了，法餐再好吃也没火锅来得解气；要说艺术，这倒是有那么一丢丢的感兴趣……可奇怪的是，虽说我对巴黎不感兴趣，但偏偏参加一回巴黎时装周倒是在我的遗愿清单里，因为当了许多年杂志撰稿人，朋友圈几乎都是公关和编辑，每到时装周看着她们穿梭在各大秀场，甚是眼馋，好想知道这种洋气的生活是个什么滋味呀！但我深知，像我这种杂志编外人士，是永远没有这样的机会的，于是就把这个愿望狠狠地写到了遗愿清单里，万一实现了呢？

结果，“万一”还真就这么发生了！

我的女朋友Lin是一位时尚行业从业者，更是一位香奈儿的收藏家，各奢侈品牌的svip，自然也是每年各大时装周竞相邀请的座上客。因为有宣传的需要，她便邀请我和她一同前往巴黎参加时装周陪她工作，我自然是欣然前往。

相较于我的陌生，巴黎于Lin来说是再熟悉不过的了，她幼时家中发生变故，整日沉沦在悲伤之中，于是她的家人劝她去国外散心，她便随机地选了巴黎。当时的她住在康鹏街上的一家酒店，不远便是香奈儿总店。她记得在办理入住的第一天，酒店的服务生跟她开玩笑说：“你每天在这里都可以听到香奈儿收钱的声音。”但由于她那时心情低落，并没有心情逛街，终日泡在博物馆里看展。一日在橘园美术馆从开馆到闭馆她整整看了一天莫奈的睡莲系列作品，心中突然感受到前所未有的平静，心情变得舒畅起来，回酒店的路上她经过香奈儿总店，那时店铺已经打烊，她第一次认真地向橱窗里张望，被一件粗花呢的外套深深吸引。就因为午夜的惊鸿一瞥，让她对这个品牌产生了兴趣，因为在此之前她只知道香奈儿的包包和香水，于是第二天一早就跑到书店买了香奈儿女士的传记并一口气读完，她说，当她知道香奈儿女士的人生如此丰富又能如此不顺，但还能通过服装把人生的苦难和不幸转化成对美的追求时，她对香奈儿的迷恋一发不可收拾。所以这次她去巴黎，除了去看秀，还有一项任务就是去康鹏总店定制自己的第一件香奈儿高定时装。

时装周时候的巴黎，全世界的美人儿都聚集于此，所以酒店和机票都分外紧张，Lin每次到巴黎都会住的酒店早已满房，只好加价订了另一家奢华的酒店。当时我还笨笨似地和她说：“要酒店不好定的话，咱们住airbnb吧，我看有好多房子也都特好看。”Lin说：“这哪成，时装周和平时旅游可不一样，品牌会把秀票送到酒店，而且买东西之类的住次点的酒店，店员都不会送货上门儿，咱不能让人觉得咱没实力！”我说：“你们时尚界可真浮华。”

于是我俩就带着她准备的N个大箱子“战袍”早于时装周几天抵达了巴黎，过海关的时候海关小哥说：“一看你们就是来时装周的。”我摸了摸自己的大油头，心说，我也算是狐假虎威了吧。

我们的酒店离凯旋门也就几百米，第一天早上因为时差睡不着觉，索性爬起床来去外面晨跑。其实我起的并不算太早，没想到七八点钟的街上连个

◎巴黎的清晨，一个人没有，我跑到凯旋门就害怕得立刻折返

人都没有，虽然有导航指引，但面对着空无一人的街道，我还是有点害怕，跑到凯旋门拍照打了个卡，就匆匆地回了酒店，总体来说巴黎的第一次晨跑时长还没有我躺在床上做要不要起床的思想斗争时间长呢。

与我那些时装编辑朋友来时装周不同，杂志社为了节约差旅费用往往会安排编辑在品牌秀前一天到达，如果是带明星一起看秀，为了覆盖庞大的拍摄团队成本会带一些其他品牌广告植入，就会更早一些到达完成每天的拍摄任务。而作为时装顾问公司的老板以及品牌svip客人，她在巴黎的首要任务则是去品牌店拜访和购物，在北京的时候我平时就不大爱逛街，但到了巴黎逛街便成了工作。什么叫内行看门道，外行看热闹，Lin每前往一家店铺前，店长都会提早把适合Lin的衣服准备出来，挂在单独的衣架上，放在VIP室内等待着Lin的光临，而我呢就品尝各个品牌提供的不同口味的小茶点，看着Lin不厌其烦地试着不同服装，摇曳生姿。Lin英语法语随意切换着和店长谈笑风生，我是在店铺里扒拉着各种衣服百无聊赖。几天时间从老佛爷百货、蒙田大街，到各种买手店……陪着她感觉把我一辈子的逛街额度都要用完了，总是晕头转向地跟着她从一家走到另一家。老佛爷、巴黎春天之类商店实在是太著名了，中国游客扎堆儿在那里购物，用人满为患形容毫不夸张，其间还遇到几个小明星，待遇完全不及咱家Lin，她到哪里都是倍儿有面子，店员热情到跟她是老板似的。

唯一让我感兴趣的是“乐蓬马歇百货公司”（LE BON

MARCHé），之前我从没听说过这家百货，按Lin的话说“懂行的人”才来这里。乐蓬马歇被认为是世界上第一家百货公司，巴黎当地人更喜欢这里，人不会很多，又有很多非常好的设计品牌。我说我懂，就跟游客都去王府井，北京人爱逛西单一样。可能是因为地处寸土寸金的左岸，那些大型旅游车无法停车，所以这里才不会出现大批游客蜂拥的情况。总之逛了好几天，只有乐蓬马歇让我有消费欲望（且消费得起），着实买了些心仪的东西，而且逛了好几次也没觉得腻。

连逛几天街后，眼瞅着酒店房间里的购物袋越来越多，加上带来的几箱衣服，都是Lin要征战时装周的装备。Lin要参加的第一场秀是一个西班牙奢侈品牌，她每次在巴黎都会约的化妆师便来敲门，我还睡得迷糊呢，我说怎么跟结婚似的，中午才办喜事呢天没亮就开始化妆。几个小时后Lin焕然一新，此时我们租的保姆车也已经在酒店门口等候。时装周期间，前往秀场的路堵得要命，感觉全巴黎的人都去凑热闹了，所以只有提早出门才能保证不会赶不上开场。有意思的是，看秀的各界名流名人全部都是乘坐同款黑色奔驰保姆车，以至于时装秀结束时我差点找不到我们的车。

到达秀场，下车一拉开门便是起范儿的时刻，前一秒我们还在车里胡说八道，下一秒就立刻收起笑容，一行人快步往前走。Lin走在最前面，我和Lin的助理紧跟在身后，无数相机对着她疯狂按快门，我问她：“这帮人知道自己在拍的是谁么？”Lin说：“肯定不知道啊，他们就是看到一个人在拍，其

◎被各路摄影师抓住拍照的 Lin

他人就赶紧跟上来狂拍，生怕错过哪个名人，之后的图片或是博主发到自己的社交网络或是专业摄影师卖给图片库。总之起范儿的节奏就是快步走，就跟要把这些人甩了似的。”我说你也走得太快了，我直喘。她说：“我冷！” 是哦，我们彼时正在参加的是秋冬时装周，虽然是3月，但大风让我依然紧紧地裹着羽绒服，而Lin今天的look是一条短裙。

马上走到秀场门口的时候，Lin放慢了脚步，开始配合着各路摄影师拍照，各种记者和博主也随之上前采访她，让她介绍自己和今天的look，我则被一大堆摄影师挤到后边看热闹，看着本就纤弱的她，冻得鸡皮疙瘩都起来还要保持微笑的样子，后悔没带暖宝宝了。拍了几分钟照之后，开始凭票入场，她跟我说太冷了先进去了啊。至于我呢，当然是和她的助理一起站在门口等着，要知道一张秀票价格不菲，也不能带人进去，秀场里面什么样自然不得而知。

当然，我在秀场外面也没闲着，一向碎嘴的我开始和Lin的助理耍贫嘴，Lin的助理是个香港姑娘，普通话一般般，我的语速又快，估计她也是听得七七八八，但依然保持着微笑。直到所有嘉宾都进入秀场，秀场外依然站了许多人，这些是没有证件不可以进入秀场的摄影师、想进去但是没秀票不停游说保安放他一马的博主，还有身着奇装异服不停在摄影师眼前晃悠希望被拍的人。最夸张的是两个恨不得穿情趣内衣外搭貂儿的亚洲面孔，为了能夺人眼球先是自己故意摔了个大马趴，然后满地乱滚地摆pose，还一边英文喊着拍我啊！拍我啊！眼瞅着挺干净的白色貂儿滚得全是土，在场所有人面面相觑，虽然彼此都不认识，但是依然相互传递着尴尬的眼神儿。

1 | 2
  | 3

1 秀场门外

2 面对各种时尚达人博出位行径匪夷所思的我

3 我，女保安担当

也就大概二十来分钟，看秀的宾客便开始有序离场，摄影师们再次冲到前面，咔嚓咔嚓快门声不绝于耳，Lin再次被团团围住，看她纤细的小胳膊儿冒出了鸡皮疙瘩，我一步冲了过去盖上羽绒服，拉着她迅速往停车的方向走，感觉戴上墨镜和耳机我就是现场最帅的保安。一众人上车长吁一口气，我忍不住感叹：“敢情折腾这一天就为了这么短的时间啊！”

尔后一天的重头戏就是陪Lin去香奈儿进行“高定”。这里我要科普一下，平时总能看到一些品牌说自己是高定服装，但此“高定”非彼“高定”。在法国，“高定”（Haute Couture）是一个受到法律保护名词，能够被称为法国高定的时装品牌必须符合：在巴黎设有工作室，且至少雇有15名专职人员；能参加每年1月和7月在巴黎举办的高定时装周，每季发布不少于35套日装和晚装；常年雇用3个以上专职模特等硬件规定。在满足以上条件后还需经由法国高级时装公会考察工作室，召开高级定制成员董事会议，对申请成员进行保举与评定，看其有无资格入选，最后由法国工业部审批核准，才能被命名为“Haute Couture”。在全球范围内，真正的法国高定客户不过寥寥数千人，这些“神秘人”是谁？高定的流程是什么？这些内容从未在媒体被曝光过。

Lin倒是很大方，并不介意自己定制的过程被拍，在与香奈儿沟通后邀请了一家媒体的时装编辑全程拍摄。对于时装编辑来说能有这样一次独家采访的机会是千载难逢的，毕竟即使她们再熟悉高定时装，也仅限于看秀（或者秀图）。而我，这位连香奈儿店都很少去逛的人，起步就是高定，我又狐假虎威了。

康朋街31号，香奈儿全球总店也是香奈儿女士的故居，更是时尚爱好者的朝圣之地。总店旁边有一个小门，

1
―
2

1 康朋街31号，香奈儿全球总店

2 为顾客提供多样化选择的高定室

顺楼梯而上到达二层就是高定客户专属的神秘空间。二楼以上的螺旋形楼梯墙面贴满了镜子，我有点眼晕，编辑偷偷告诉我这就是著名“镜梯”，当年香奈儿女士就是通过楼梯上的镜子全程观看新设计的时装表演，并同时关注观众的反应。据说后来这个镜梯的概念还被搬到巴黎大皇宫香奈儿高定秀场。

高定的房间并没有我想象的豪华，简洁雅致，一边的龙门架上挂好了之前Lin看好的样式，另一边的小桌子上摆着几个丝绒方盘，方盘里整齐地摆放着各种面料小样、金银丝线、扣子辅料等，这都是供Lin个性化选择的方案。Lin的身材极好，试穿模特样衣的时候竟然如定制般，感觉直接可以穿走出门了，但高定师们依然认真地给她量了近30个身体数据。量体的过程有些冗长，工作人员送来了茶点，配茶的糖块被制作成香奈儿经典的山茶花形状，我甚是喜欢，大概也就给糖拍了500张

◎高定房间内的山茶花糖

照片吧。等得有点无聊，问高定师是否可以在二楼参观，她们非常热情地把我带到了另一房间，房间内挂满了高定样衣。因为很少去香奈儿逛，所以难得有机会触摸那些衣服（主要是不敢），到了高定房间，也没有柜姐跟着反倒大起了胆子认真地欣赏着衣服。面料确实精致，不同的纺线与不同的丝线纵横交错，每一件都是独一无二，香奈儿之所以在时尚界有着如此举足轻重的地位，并不是空穴来风。而Lin这边在确认款式和材质之后，就是签合同付款，高定工坊接下来将会为她制作专属的人体模型，并在模型的基础上剪裁、制作衣服。你以为这样就结束了么？并没有，在完成初稿之后，工作人员还会带着粗针脚的样衣飞到国内给她试穿，根据试穿结果再进行调整，几个月之后她才能拿到这件写着她的名字和编号的独一无二的高定成品。而实际Lin定的这件衣服，因为她刚过哺乳期，又进行了几次调整，大概在半年之后才将这件衣服穿在身上。

定制完成，Lin高兴地和我挥着她的专属定制手册，幸福之感溢于言表。我则压低了声音问她：“这衣服多少钱？” 她也小声地说：“20多万，比我想的便宜好多。”“才20多万，还可以啊，我以为得四五十呢！”咳，“才”字怎么敢从我的嘴里说出，淘宝超过200块钱的衣服我都嫌贵呢！

接下来的两天，她继续过着看秀生活，也很体贴地照顾我这位首次到达巴黎的游客，她说：“这两天你就别陪我了，你应该好好看看巴黎，巴黎是很值得驻足的。”既然有时间逛巴黎了，我首先肯定是要去卢浮宫的，可惜当日是周二，卢浮宫闭馆，只好改道去巴黎圣母院。

我一直认为，宗教建筑所带给人的震撼是必须身临其境才能感受到的。这座位于塞纳河畔，兴建于1163年的哥特式建筑，足足用了180多年才于1345年建成，其是欧洲早期哥特式建筑与雕刻艺术的主要代表，见证着哥特式建筑的发展史，更是巴黎的地标之一。

圣母院的两座钟楼建于13世纪初，南塔就是著名的圣母院大钟“艾曼纽”的所在地，这里同样是卡西莫多的家，法国历史上许多重大事件都是通过这口钟的钟声来宣告的。巴黎圣母院也像很多历史建筑一样，曾经遭到破坏，在法国大革命时期，教堂的大部分财物都被洗劫和破坏，唯一幸免的就是塔楼上的大钟。直到1844年圣母院才开启修复计划。1831年维克多·雨果创作出版的浪漫主义作品《巴黎圣母院》，也是为了让当时的人们了解这座哥特式建筑的价值。

教堂正面有三道大门，右边入口为圣安娜门，左边出口是圣母门，中间为末日审判门。门上横着整齐的一排雕像，是犹太和以色列的28位国王们。三个门上方也满是石刻雕像，这应该就是雨果所说的“石头交响乐”吧？因为排队的人有点多，我正犹豫要不要进去，只见教堂外的广场上一处位置很多人在拍照，就好奇地过去看了看，那里是法国公路原点，法国丈量各地里程所用的起测点，比如说巴黎到北京多少多少公里，就是从这儿算起。咱们国家公路的零公里点就在北京天安门广场

◎ 巴黎圣母院

南侧的正阳门外，那里是我每天下班的必经之路，每一次路过都会有种今日里程清零的感觉。

虽然人有点多，但是排队速度倒是很快，估计大家也都是走马观花地来打卡。进入到教堂内部，空气仿佛凝结一般，所有人都压低了声音，大气都不敢出，教堂中只听见窸窸窣窣的声音。教堂中间的位置有很多排祷告的椅子，只有几个虔诚的教徒在那里祷告，多数游客都顺着边边走，由于不懂当地规矩礼节，我也不敢造次，只好顺着人流的方向往前走。我去过的

欧洲教堂，多数都有漂亮的彩色玻璃，阳光折射到室内显得色彩斑斓。圣母院的彩色玻璃样子像枝大花朵，中文把其称之为“玫瑰窗”，是哥特式教堂特有的玻璃形状。玫瑰窗上密密麻麻的画满了各种宗教故事，跟“他们”不熟也看不出个所以然，就觉得花花绿绿蛮好看，心想着：这帮欧洲人还真挺会把氛围拉满。一圈很快就转完，顺着小路又走到圣母院的小花园里，与从正面看圣母院不同，侧面的圣母院顶都被施工的脚手架和防护网笼罩着，什么都看不到。在欧洲就是这样，任何工

程都是这么旷日持久。在此次游览的两年之后，也就是2019年4月15日，一则悲伤的新闻震惊世界——巴黎圣母院发生火灾，整个建筑严重损毁。当晚无数巴黎人为此不眠，这不仅仅是巴黎的损失、法国的损失，也是全人类的损失。

离开巴黎圣母院，我的下一站打卡地是埃菲尔铁塔。这座矗立于塞纳河南岸的铁塔，1889年建成，是当时世界上最高的建筑物。坦白说啊，我觉得铁塔那里更是没什么可玩的，比起参观游览更重要的是远远地以铁塔为背景照相。哪里是优秀的铁塔拍照位置呢？一个小窍门，看哪里拍婚纱照的人多，那里肯定能收下铁塔全景。当然，如果在你的酒店可以看到铁塔，

1|2

1 巴黎铁塔

2 与巴黎铁塔合影

那就更可以炫耀一番，尤其是那种有铁艺栅栏小阳台的房间，姿势还得是举着咖啡，望向远方铁塔，这样的照片在朋友圈肯定会获得很多赞。大家也别觉得我肤浅，把人家好端端的城市地标说成是朋友圈装范工具。要说为什么建铁塔，其实也有那么点意思。

当年为了纪念法国大革命100周年，法国决定举办一届规模空前的世界博览会。既然要求是空前规模了，就得有拿得出手的新东西呀！法国政府就想在战神广场竖一座铁塔，并要满足以下几个具体需求：

首先要建得快，毕竟留给巴黎人民建设的时间不多了；其次要好拆，这东西是一次性的，世博会晒晒实力就完了，之后不打算留着；然后怎么都得有个xx第一的名号吧？最后能资金回炉，建设的钱不多它得自己能生钱。这样的招标方案发出，设计稿也雪片般地飞来，最后古斯塔夫·埃菲尔（Gustave Eiffel）的方案脱颖而出（好像也是因为别人的方案不太靠谱，就他是很认真地交了全案）。埃菲尔还没怎么高兴呢，世博会组委会就给他了一个更巨大的难题——说了自己没钱，但没想到是这么没钱。结果埃菲尔一咬牙一跺脚，你不是没钱么？我自己解决，最后政府只出了25%的钱，剩下的大头是他自己出，作为交换条件，埃菲尔的公司可以收这个塔20年的参观门票费，所以巴黎铁塔从建造之初的功能就是为了挣钱的。

有句俗话叫“按下了葫芦起了瓢”，埃菲尔这儿刚把钱的问题搞定，人的问题又来了。巴黎是什么地方？是有着凯旋门、巴黎圣母院、凡尔赛宫的艺术之都，多是充满艺术气息的名胜古迹，你跟我说中间要立一大铁塔？！艺术家们一听这事，立刻“炸了窝”，莫泊桑、小仲马这些文人墨客们联名抗议，且言辞十分激烈，说我偌大的艺术之都，以后要和一个粗俗的机械师、充满铜臭味的商人联系在一起，无可挽回的蒙羞和变得丑陋么？埃菲尔倒是挺淡定，表示你行你上啊？要不你把钱给我？总之在重重压力之下，铁塔还是照常开工了，在施工期间各种小报的新闻也未曾断过。今天爆料塔断了，明天爆料埃菲尔坠塔了，后天又说塔快塌了，更有甚者说巴黎铁塔正在改变气候，以后还会杀死塞纳河中的鱼。虽然其间反对和嘲讽不绝于耳，最终经过两年建设铁塔还是赶在世博会开始前完工，只是直到世博会召开的第九天才正式对游客开放。

面对着正式落成的埃菲尔铁塔，巴黎人民心想还真是雄伟啊，世界各国人民也都被这个建筑震撼到。当然了，埃菲尔也没忘记卖票挣钱，铁塔成为当年世博会最赚钱的项目，随着时间流逝，专注卖票20年的埃菲尔铁塔到了交还政府的期限。拆不拆呢？按照当时的规划，铁塔可是一次性的，现在都一次20年了，各方人士再次陷入激烈的争论，但一直也没个定论。而后第一次世界大战爆发，聪明的法国人在铁塔上安装了超大功率的无线电干扰设备，极大干扰了德军的通信，最终在第一次马恩河战役中获胜，埃菲尔铁塔自然也就成了一等一的大功臣，这样的功臣怎么能拆呢？！而后才有大家现在都看到的收费至今的铁塔。

◎ 卢浮宫

卢浮宫是安排在第二天一睁眼去的，约上了我在巴黎的一个粉丝——贝塔。其实我们从未见过面，甚至她给我的在微博上的留言都很少，我是实在想找个人陪我转转，想去些当地人爱逛的旧货市场，于是发了微博求地陪，贝塔热情地给我发来私信，相约第二天一起。因为我住在凯旋门附近，她说我住的地方旁边就有地铁，于是我们约好地铁见面。刚一见面，一个巨大熊抱之后，贝塔说："我怎么一说给我你的地址定位，你就给我啊，万一我是坏人怎么办？" 她的问题一下把我给问住了："呃，这个问题我还真没想过，可你不是早就关注我了么，要是成心骗我还得等我大老远地跑到法国来，那你可是太处心积虑能掐会算了。"

"你想去哪儿？"贝塔拉着我就往地铁里走。

"卢浮宫啊，还有，我搜了好多旧货市场，想去完了卢浮宫再去旧货市场。"

"你说的那几个市场我看了，说实话，我来法国都八年了，那些地方都没去过，不安全。你在的这个街区还不错，那些市场的街区实在危险。巴黎数字比较小的街区都相对在市中心，治安比较好，数字越大的街区越偏远。"

"那……还是卢浮宫吧，我这么多天了就昨天去门口照了个相，还没进去呢。"

"你来这几天都去哪了？""全都在逛街买东西，逛街太累了，昨天就去了圣母院和铁塔，哦对，还有凯旋门我第一天早起来远远看了下，但是不知道从哪儿过马路，反正都是拍照打卡那类。”

“那卢浮宫得好好看看，仔细看的话一天都不一定能逛完。要想好好看，能看一礼拜呢。”

说起卢浮宫，作为世界四大博物馆之一，应该无人不知无人不晓了吧，卢浮宫始建于12世纪末，原是法国的王宫，是法国文艺复兴时期最珍贵的建筑物之一。整个博物馆呈U形，众多的展厅分布在错综复杂的楼层里。为了节省时间，贝塔决定先带我找到来卢浮宫必看的馆藏三宝——《米洛的维纳斯》《萨莫色雷斯岛的胜利女神》和《蒙娜丽莎》，其他的各种藏品就暂往后放放。虽然贝塔是卢浮宫的“常客”，但在这样一个巨大的空间中做出准确的方向定位是一件不容易的事，为了找到这三个旷世之作，我俩可是没少走重复的路，以至于光参观完“三宝”，我就已经走不动了，但凡见到可以坐的椅子，都要坐上一会儿。

直到离开巴黎很久我才想起认真地去看看卢浮宫的官网，才发现官网中为了保证游客参观过程的井然有序，特别设计了一套方向定位系统帮助游客在馆内有效定位。他们按照馆藏分别归属了八个不同的藏品部门，各个部门各用一种专门的颜色以示区分，绿色代表古埃及文物部，红色代表绘画部，蓝色代表古希腊、伊特鲁里亚及古罗马文物部，等等，并给到了5个不同的主题路线——“卢浮宫八百年悠悠岁月”“古希腊雕塑”“古埃及的神”“17世纪法国装饰艺术和卢浮宫馆藏杰

◎“三宝”之一《米洛的维纳斯》

作”。非常非常建议在游览之前认真阅读，否则就像我俩这样浪费了本就有限的时间，并累得半死。

馆藏的艺术品，很多都在画册见过，如今得以见其真身，熟悉中又带着震撼，只恨自己的艺术根基薄弱，没学过绘画和雕塑，否则一定会像小老鼠掉进米缸，疯狂地吸吮着艺术家们的杰作。“三宝”中最令我印象深刻的还要数《蒙娜丽莎》，在进入《蒙娜丽莎》的展厅前，贝塔给我打“预防针”，说道：“你一会儿可别吃惊啊！”“为什么会吃惊？这画儿什么样不都见过么？是人怒多吗？”“人是怒多，但是会和你想的不一样，你过去就知道了。”

带着满脑子的问号，我们向展厅走去，果不其然，参观的人里三层外三层，人数远远超过了另外“二宝”。我这人有一个毛病，看见人多就脑袋疼，想着干脆就远远的看看得了，结果死活都看不到画作。“她今天是没摆出来么？啥都看不到啊！”我一边踮起脚尖一边伸长了脖子张望。贝塔拉着我径直往侧面走，“一般侧面人少，咱从侧面钻进去”。还是贝塔有经验，没几下我们就蹭到了前排。见到《蒙娜丽莎》“真身”的我，果然忍不住吃惊地“啊”了一声，她……她……她……

◎没想到《蒙娜丽莎》只有这么一点点

怎么这么小啊！这样的名画，我以为得和刚看到的那些宫廷油画一般大小呢，结果只有77厘米×53厘米大小，“我说什么来着，我第一次来的时候也惊了，原来以为是个巨大的肖像画呢，结果只有这么一丢丢，但你别看她小，可她是当时世界上最大的画像之一了！”

两天的巴黎名胜打卡很快结束，刚回到酒店前一把就把我拉回了时装周的氛围——不知道哪个名人在我住的酒店开after party，酒店门口被各路粉丝和狗仔围得水泄不通。只要有人出来就会不管不顾地一顿咔嚓咔嚓乱照。本来就逛到腿肿到想赶紧躺到床上，结果发现根本进不去门，着急得要命，不得不拼命地举着房卡，希望保安可以看到，最终还是没能成功。正在发愁怎么办时，一辆保姆车停下，一位戴着墨镜超美的女郎闪耀地下了车，身后粉丝疯狂叫喊，由于叫到声音都劈了，我也没听清到底叫的是谁。但神奇的是，女郎往前一步，两旁的粉丝和狗仔自动地分成两排让开道路，我赶紧趁机再次挥舞房卡，保安终于看到我并用坚实的臂膀拦住了旁边的人，示意让我进去，于是我和女郎一同进入酒店，那闪光灯闪得啊，我简直要瞎了，想着这大黑天的女郎还戴墨镜想必是怕被闪瞎吧。回到被窝的时候，我还特意狂搜一下，万一和女郎一起进门被拍，我也能出现在时尚网站了，结果到现在也没搜到那个女郎以及我……

香奈儿的秀作为时装周的重头戏，是安排在最后一天的，每年的举办地都是气派的大皇宫，江湖地位可见一斑。因为邀请的宾客众多，我们必须更早出发前往，大早上起来刚出酒店门，又是噼里啪啦地一通被拍，这是昨晚那些人没走吗？

到了大皇宫外，气氛果然是不一般的，我以为我们很早，结果大皇宫楼梯外早就被各路媒体提早占好位置，比之前的秀见到的媒体多三倍还要多，不同肤色不同语言的全球媒体都在门外等待。这里就没有我之前看到的那些哗众取宠的怪人，每个参观秀的人都打扮得一等一的美丽。在等Lin看秀的时候，各路商家不断地向门口的人赠送礼物，光化妆品小样我就收到好几种，都是非常知名的品牌，其他印刷品、纪念品更是大把地往手里塞。秀依旧是很快结束，众宾客鱼贯而出，各路媒体的镜头对准正在从台阶而下的宾客，因为大皇宫的台阶足够多，并且很多人走几步，就会站住等待拍照，所以他们镜头有足够多的时间捕捉穿搭漂亮的人。我们等了许久，Lin依然没有出来，打电话也没接，心情就跟幼儿园接孩子，别的小朋友都走了，可自家孩子还不出来一样的焦急。后来才知道她在秀场内被好几家媒体采访，所以她出来的时候，香奈儿的模特也已

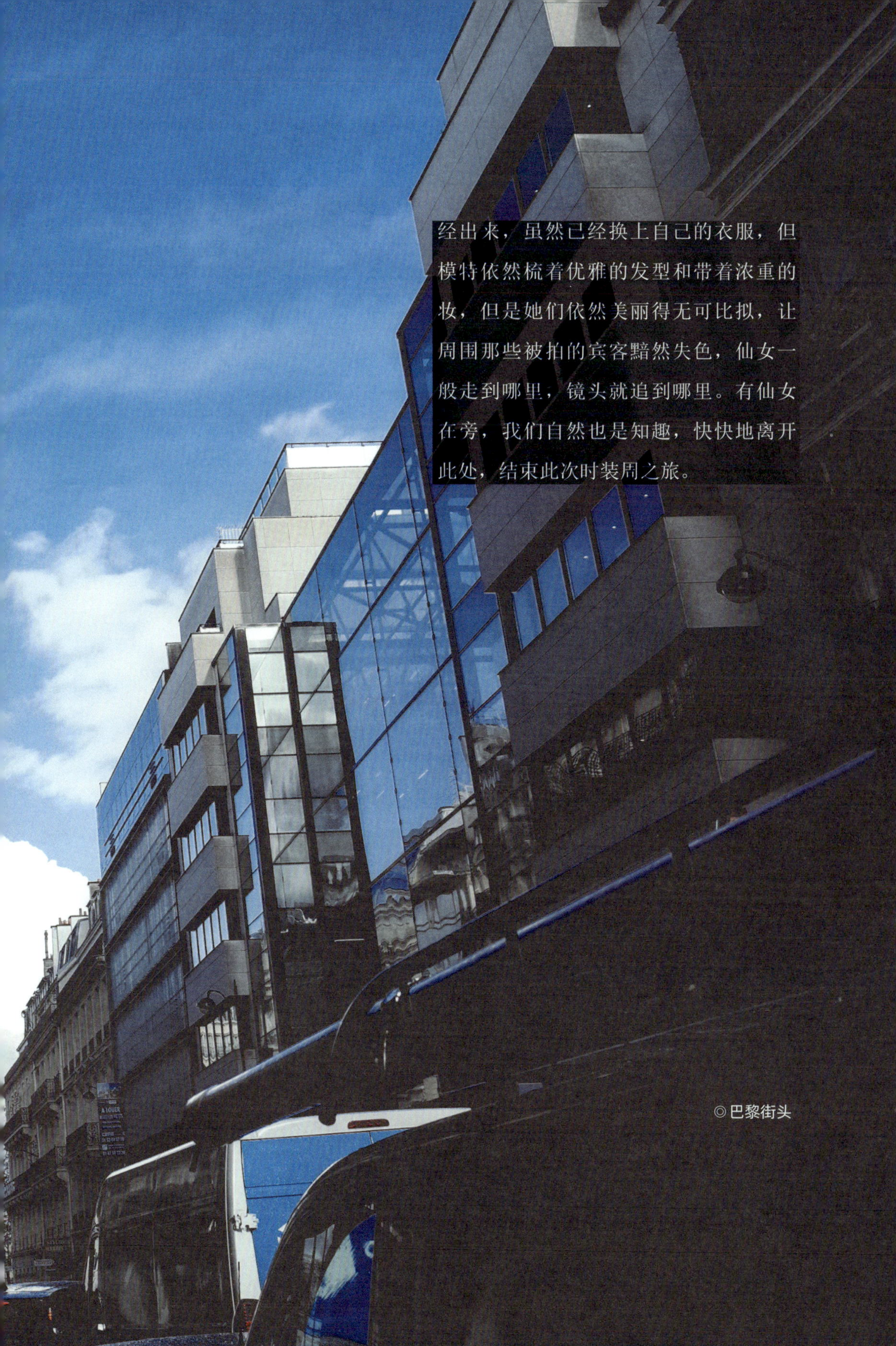

经出来，虽然已经换上自己的衣服，但模特依然梳着优雅的发型和带着浓重的妆，但是她们依然美丽得无可比拟，让周围那些被拍的宾客黯然失色，仙女一般走到哪里，镜头就追到哪里。有仙女在旁，我们自然也是知趣，快快地离开此处，结束此次时装周之旅。

◎巴黎街头

纽约，纽约

“如果你爱他，
就把他送到纽约去，
因为那里是天堂。

如果你恨他，
就把他送到纽约去，
因为那里是地狱。”

播放《北京人在纽约》的时候，我年龄尚小，只记得里面有姜文扮演的王启明和王姬饰演的阿春。多年后，当我长大成人，找到一份经纪公司宣传的工作，而王姬老师恰巧就是那家公司的艺人。王姬老师并不知道，这对于我来说是多么奇妙的缘分。

拿到美国签证许久，除了去夏威夷度假，从没想过要去美国本土旅游。或许是因为我生长在北京这座也算国际化的都市，总觉得现代都市嘛，哪里都差不太多——一样的高楼大厦、一样的灯火通明，一样的繁华璀璨……

我此次去纽约是因为工作，当然，我去很多地方都是带着工作任务。很多人羡慕我可以利用工作之便去这么多地方玩耍，我虽然很感激能有这样飞来飞去的机会，但由于每次时间限制，总是只能在短时间内走马观花地打卡，慢悠悠的深度游？不存在的。没有玩遍景点，犹如没有看完的剧，只要没有弃剧，总想着以后如若有时间得把后续剧情补上。

虽然没去过，但是我对纽约并不陌生，毕竟《欲望都市》伴随了6年的成长，还和《绯闻女孩》在上东区一住也是6年。纽约是《穿普拉达的恶魔》中安妮·海瑟薇的匆匆追梦，纽约是《华尔街之狼》中莱奥纳多为金钱的疯狂，纽约是《蒂凡尼早餐》里奥黛丽·赫本的惊鸿一瞥，纽约是《美国往事》中罗伯特·德尼罗的峥嵘岁月，纽约还是《复仇者联盟》中超级英雄要拯救的中心，哪怕在《后天》里最先挨冻的还是纽约……关于纽约，你甚至都无法掐算出到底有多少关于它的歌曲。曾经和一位音乐人聊天，他说在纽约，一百个人里能有十个音乐家、十个诗人、十个导演、十个作家、十个画家、十个演员，剩下的是不知道干什么一直无所事事的人，总之他们都怀揣着梦想，相信“If I can make it here, I'll make it anywhere”“Concrete jungle where dreams are made of, there's nothing you can't do,now you're in New York。”

一千个人心中有一千座纽约城，人们都说纽约包容，无论是星光熠熠的明星名流，还是街上的流浪汉，他们都可以在这个城市里和谐共处。在这里，有人追逐梦想、有人追逐金钱、有人因为包容而来，也有人因为生存不下去而离开。所以这就是《北京人在纽约》里说的，既是天堂，又是地狱吧。

和我同行的潇洒姐，她的心中就种着一棵“纽约草”，作为她的好友兼经纪人，在我们20多岁初相识的时候，她就不断地跟我叨叨想去纽约学习或生活，但直到我们都结婚生子也没看她付诸什么行动。她的“纽约草”种到什么程度呢？就连人生中第一次给女儿选择婴儿车，都不是参考舒适度、便携度、防震系数等参数，而是被一则全身黑衣打扮的模特推着黑色婴儿车的广告吸引，只是因为其中一句广告词中写着“在整个曼哈顿，只有极少数的妈妈，可以驾驭这辆全黑色碳素限量版婴儿手推车”。当然，在她女儿可以推出街的时候，也没见着她怎么推那辆曼哈顿极少数妈妈才能驾驭的婴儿车，因为北京炎热的夏日，让她胖乎乎的女儿在如炭炉般的婴儿车里炙烤到坐卧不安。后来她说她在成为《时尚cosmo》主编后，那棵“纽约草”终于拔掉了，但当我告诉她有一个要去纽约的工作时，她明显表现得比听到去别处兴奋，虽然那已经是她第N次去纽约了。

与潇洒姐的心系纽约不同，我从未想过要离开北京去他处寻梦，甚至不太理解什么样的机遇和情怀，才能让一个人有勇气离开家乡，到一个陌生的城市长期生活。我热爱北京，尽管这里有这样那样的不好，唯一一次觉得快不喜欢这里了，是因为连续几天要命的雾霾，待雾霾散去，我们又重修旧好。我没什么躁动的心且懒，坐都没个正经坐样，坐一会就出溜到“北京瘫”的姿势，最喜欢在床上躺着，连躺好几天都不腻。我妈经常说我幸亏还会翻身，要不肯定得褥疮。后来，她把家搬到繁华拥挤的CBD，而我就住在桃红柳绿岁月静好的颐和园附近。

哼着霉霉的《*Welcome to New York*》，我们就到了纽约，纽约分为曼哈顿（Manhattan）、布朗克斯区（The Bronx）、布鲁克林区（Brooklyn）、皇后区（Queens）、斯塔滕岛（Staten Island）五个行政区，我们此次的活动范围基本上都在曼哈顿。曼哈顿是纽约的核心，也是五个区中面积最小的，只有59.5平方千米，尤其曼哈顿岛，长才21.5千米，最宽也就3.7千米，但在这狭长的小条儿里却是美国经济和文化中心。整个曼哈顿耸立着超过5500栋高楼，诸多500强公司总部设立于此。

曼哈顿的街区从北到南又被习惯划分为上城区（Uptown）、中城区（Midtown)、下城区（Downtown）。耳熟能详的中央公园、大都会博物馆、古根海姆博物馆、美国自然历史博物馆等都在上城区，以中央公园为界，又分为上东区和上西区，上东区就是《绯闻女孩》里那些富有的男男女女住的地方啦。上城区的北部叫作上曼哈顿（Upper Manhattan），哥伦比亚大学就在此区域。帝国大厦、时代广场、克莱斯勒大楼、洛克菲勒中心、联合国总部、百老汇、第五大道及中央火车站则都在中城区。纽约下城区则以金融为中心，华尔街、格林威治村都在下城，下城往南是下曼哈顿（Lower Manhattan），自由女神像就在此区域。

我们的酒店位于中城区，各种商业街近在咫尺，离上东区的诸多博物馆也不远。又是因为“万恶”的时差睡不着觉，我们决定干脆不把时间耗在床上，步行去中央火车站。曼哈顿是世界上人口密度最高的地方之一，为了容纳下这么多人，街道尤为狭窄，林立的高楼让天空只留下一线，用谷歌地图导航都会因为距离太近走过错过。转了小圈，走出去了一些，才发现中央车站就在酒店旁边。我笑话潇洒姐，纽约草都种成这样了，在这里她怎么依然稀里马虎地不认路。

这座位于东42街89号与公园大道交界处的世界上最大、最忙碌的火车站于1913年2月向公众开放，每天有超过25万人从这里匆匆而过去向各处。大厅拱形穹顶上是由法国艺术家保罗•塞萨尔•艾利（Paul César Helleu）根据中世纪手稿绘制出黄道12宫图，共有2500多颗星星，其中59颗是由发光的灯构成。抬头仔细看，会发现12星座是反向的，但据车站创始人说，黄道带的本意就是从天上的神的角度来看，而不是地上的人。

《绯闻女孩》第一季第一集中Serena就是在中央车站亮相

◎人们在中央火车站的问讯处前相聚、分离

出场的，我的纽约之旅也要从这里开场，这让我觉得自己和S一样美丽。车站中间问讯处的四面钟下，是拍延时摄影的绝佳位置，作为大厅内最显眼的地标，人们在这里相聚，在这里分离，在这里开始自己的纽约故事。作为一名旁观者，让自己静止于来来往往熙熙攘攘的人群之中，就能拍出一张特别有氛围感的延时照。我还看到一个冷知识，如果想在纽约地铁里演奏音乐，还需要通过两轮面试：第一轮是上传录像文件，第二轮则是需要在中央车站大厅公开竞演，非但如此，还有评委打分。也就是说，在纽约车站，遇到大神的几率非常之高，怪不得都叫街头艺术家呢。

我们觉虽然睡不着，但饭却一顿都不落下，还没怎么在火车站溜达呢，就觉得自己饿到眼冒金星。决定到美国的第一餐吃顿美国菜——大汉堡。在美国汉堡界，西有In N Out，东有Shake Shack，后来Shake Shack在北京三里屯开了一家店，人多到想吃口汉堡排队一小时起步，我特诧异地问潇洒姐这是我们在中央车站吃早点的那家汉堡店吗？怎么会有那么多人甘愿为汉堡站那么久呢？确实难以理解。

一等到开门，我们迫不及待地去了纽约大都会艺术博物馆。大都会艺术博物馆是与英国大英博物馆、法国卢浮宫博物馆、俄罗斯埃米尔塔什博物馆齐名的世界四大博物馆之一。馆内之大一天内绝对逛不完，所以购买一张门票可以在三天内不限次使用。里面收藏了几乎囊括世界所有地区和所有历史时期的代表艺术品共计330余万件，展出的几万件展品也仅仅是总库

存的冰山一角。大都会最特别的是，馆内90%的藏品都来自于个人捐献者，所以走在大大小小的展览厅内，能看到墙上诸多捐献者的名字，这些捐献者非富即贵。据说大都会艺术博物馆会为这些捐献者单独开辟场次和时间参观，想必人家是摇晃着手中的红酒杯在戒备森严的神秘小厅内细细品味着世界名品吧。于是我心中又有了一个新梦想——有朝一日发达了也成为一名捐献者，让自己的名字的鎏金大字也刻在大都会大理石的墙上，体验一把有钱人的快乐。

当然，现实中的我们还是要在拥挤的人潮中

1 2|3

1 2 大都会艺术博物馆中的展品，其实它们本应该在自己的国度

3 在古根海姆博物馆看展

踱步前进参观。达·芬奇、凡·高、伦勃朗、莫奈、马累、罗丹、卢梭、米勒等众星见面会，一时间见这么多名人有点消化不了。好在活动品牌方非常贴心地为我们请了一位当地学者作为讲解员，真人讲解实在是太棒了，和当初我在卢浮宫的瞎逛完全不同，也是租用耳机听模式化讲解完全不可比拟的。可惜我们只有半天时间，学者只好带我们选择了几处极有特色或是有他个人非常喜欢的作品展厅参观。通过学者讲解，我才理解一幅作品，除了它本身的技艺所在，诞生时代、所在地域以及关于这个作品背后的人情世故、野史八卦才是最吸引人的，这是我之前自己逛博物馆时，完全没有体会过的乐趣。

学者老师讲得实在太好了，虽然因为时差带来的困意一阵又一阵地袭来，但我们依然努力睁着眼睛与老师互动，生怕错过一丁点。但人嘛，终究是逃不过生物钟的，脚步越走越沉重，听到的声音越来越模糊，浑身上下只觉精疲力尽，只要有椅子能坐的地方都会坐下，只要坐下不出几秒就会闭上眼睛。学者看着我们困倦的样子，有点难过，问我们是不是讲得不好。我们连连解释，如果不是因为讲得太好，太想听完所有故事，现在早已睡着，毕竟我们几乎一天一夜没有合眼了。

十分后悔为什么没有在精神相对好的第二天去大都会艺术博物馆，而是去的自然历史博物馆，虽说这里是世界上最大的自然历史博物馆，但里面的展品多是假的，适合带小朋友去增

◎自然历史博物馆就不太能吸引到我了

长知识，电影《博物馆奇妙夜》123部，足够让你见识里面都有什么展品，游览全程心心念念的都是前一日没有看完的大都会艺术博物馆。走出自然历史博物馆，就是中央公园，因为第二天约好和潇洒姐的读者们一早在此跑步，也就没想着要不要趁着下午天气正暖在里面散散步。谁承想2月初的纽约清晨竟然会如此之冷，凛冽的寒风让人无论怎么做热身运动都无法让身体暖和起来，干脆决然地放弃跑步计划，随便寻了一家咖啡店大家坐下聊天。这些读者在纽约拥有着她们精彩纷呈的生活，有在“四大”做审计的，有从检察官转行在读会计学博士的，还有建筑设计师，其中一位曾在6年前的上海读书会上，让潇洒姐在书上签下“实现美国梦”，而如今那位读者就在眼前。中央公园没有《老友记》中的咖啡店，但却有着这些陌生又熟悉的“老友”。与她们见面，是我们在纽约短短几日中，最开心的一瞬，有什么能比见证梦想实现而更令人心潮澎湃呢？潇洒姐说：“有实现愿望的勇气，哪里都可以是梦想之都。”

见证了真正的梦想实现，再来到被称为“梦之街”的第五大道就再也没有什么欢喜，汇聚了世界上诸多名品的高级购物街区已经不能再吸引我们的注意。20多岁的时候，我非常热爱购买名牌，我依然记得刷卡购买人生第一只名牌包包时的激动，提着它步伐都变得更加轻盈，而后随着买包的能力增强，家中的包也越来越多，不少包几乎从没背过就被我忘记。当买包不再成为对自己阶段性胜利的奖品，且又没达到购买名牌成为家常便饭的时候，我发现购物所带给我的喜悦从生活中消失了，反而喜欢斜挎着公司自产的轻巧大布包每日进进出出。不知道这算不算逃出了消费主义陷阱。

穿梭在纽约街头的黄色出租车顶，许多都挂有百老汇戏剧的广告，以《狮子王》《歌剧魅影》《魔法坏女巫》《汉密尔顿》的广告最多。但凡有百老汇原班人马到北京的演出，我几乎场场不落，这几年的文艺爱好我也只剩下看话剧和音乐剧了。虽然多数剧目都看过，但我依然渴望在真正的百老汇看一场音乐剧。

百老汇其实是一条大街的名字，纽约的街道除了下城区几乎都是横平竖直的，只有百老汇大街歪歪斜斜的，大街的两旁汇聚着几十家剧院。其历史可以追溯至19世纪初，当时的这里就已经成为美国戏剧艺术的活动中心。如今，百老汇已经不再指一条街或是一家剧院，而成了美国现代戏剧艺术的代名词。世界上最好的舞台剧都在百老汇，而世界上最好的演员都梦想来到百老汇。在我心中，没有在纽约看过百老汇，这趟旅行就是不完整的。因为没有提前预订，最想看的《汉密尔顿》没有买到票，本着有啥看啥的原则买到了《摩门之书》的门票，反正这戏也获得托尼奖在内一大堆奖项，甚至被称为“21世纪最好看的一部舞台剧”。

等戏剧开场的空当，我们转身去了旁边的时代广场。时代广场原名朗埃克广场，后因《纽约时报》早期在此设立的总部大楼，因而更名为“时代广场”。时代广场并不宽阔，相反两边林立的高楼加上拥挤的人群，让这里显得更加簇拥。高楼上那些数不清的巨大电子广告牌以秒的速度不停息地变化着令人炫目的广告，疯狂而又张扬。时代广场是纽约市内唯一在规划法令内要求业主必须悬挂亮眼宣传板的地区。其实这里不过是百老汇大道与第七大道和45街交汇形成的一片三角地带，两条窄窄的街道却被称为“世界的十字路口”。Time Square，名字着实起得极好，除了这个你再也想不出第二个更适合此地的名字了，我们所在时代不就是这么璀璨而绚烂的吗？

2004年4月7日，在时代广场迎来百岁生日的时候，时任纽约市长布隆博格说：“当你同国内或世界上任何人谈起什么是纽约的时候，你可以说百老汇和时代广场就是纽约。”

身在时代广场，你的心情很难不激荡。尤其想象着每到跨

年时刻，所有人汇聚于此，在《纽约，纽约》（*New York New York*）的歌声中彼此相拥、祝福，期盼着来年。这首歌本是1977年同名电影的主题曲，讲述的是小城青年来到纽约想一展身手的故事，而这首被称为“纽约地下国歌”的歌曲，正是表达了为追逐梦想而来到此处的人们。

> I want to be a part of it - new york, new york
>
> ……
>
> I want to wake up in a city, that never sleeps
>
> And find i'm a number one top of the list, king of the hill
>
> A number one

终于等到《摩门之书》开场，剧院和我想的不一样，在北京看百老汇戏剧，因为涉及运营成本问题，都会选择大型剧场演出，诸如天桥剧场、保利剧院，宽敞舒适，而我去的这家剧院就显得有些局促。剧场后排直接售卖酒精饮料，不少人端着酒杯坐下看剧。没有中文字幕对我来说是一场很大的挑战，加上这部戏和宗教有些关系，虽看得稀里糊涂倒也能懂个七七八八。

好家伙！里面粗口与三俗情节之多看得我目瞪口呆，连忙搜索资料，果不其然《摩门之书》被称为“百老汇最肮脏、最有攻击性的音乐剧”，与《南方公园》出自同一作者之手，但又着实好笑。他用黑色幽默的方式探讨什么是信仰，也不知道信众看完此剧会不会恼怒，反正坐在我身边那些信仰上帝的人们都乐得前仰后合。最夸张的是我前排的一位女士，还没开场就喝多了，不停地和周围的人介绍自己，大家也礼貌回应。演出中途几次站起大声唱歌和跳舞撒酒疯，而后直接出溜到座位底下睡着了，直到演出结束，也不知道谁把她给拖了出去……

转转悠悠了好几天，我们来纽约的重要任务其实是参加纽约时装周。每年的四大时装周，由纽约拉开帷幕，比起米兰的drama、巴黎的奢华、伦敦的古灵精怪，纽约时装周显得更为实用一些，品牌也相对年轻，有不少名字我都没听说过，念都不会念。最近几年常有中国品牌代表队奔赴纽约，在时装周争奇斗艳。我在成为专职的经纪人之前，曾经在一家美国男装品牌的中国公司工作过几年，主要负责品牌公关。那个品牌同样每

◎纽约街头

年都会参加纽约时装周，因为各种原因我一直没有机会亲临现场，每每都是拿着大量现场照片，与纽约同频发布“现场直击”，也算是和纽约时装周混了个半熟脸。

纽约时装周期间，和在巴黎时完全不同。在巴黎，那时满街都是身材高挑、扁平穿着精致的一等一大美人儿，你很容易看出哪位是走在人群中的“大模”，颇有过节的气氛。但在纽约街头，至少我在曼哈顿的几天什么都没看到，人们各过各的生活，和时装周毫无关系。只有在临近秀场的时候，才能看到一些身着夺目的时尚博主们，在街道上一遍遍地走过，拍摄街拍照片。

因为是赞助商邀请，我不再像巴黎时装周时没有门票只能在门口蹲守，而是拿着VIP卡片直接进入秀场。但这却让我有点犯难，本来对时尚就不感冒，但好歹去看秀，也别穿得太随便。收拾行李的时候琢磨半天，确实没有一件能拿得出手去看秀的衣服，倒不是衣服品质不好，是就没那个劲儿。只好宽慰自己，反正我是工作人员，也罢也罢。潇洒姐虽然担任过时尚杂志主编，但她造型统一，衣服买来买去也都差不多一个样子，看她也无心为参加时装周而特意增添什么衣服。作为经纪人，按照惯例我应该去向品牌借当季新款，但又着实麻烦，所以平时怎么穿看秀也就怎么穿了。我们为参加时装周穿搭做的最大努力，就是把厚厚的羽绒服和羊绒围脖提前在车上脱下，穿着贴身衣服快步走进秀场。2月的纽约室外温度只有几摄氏度，刮起风来体感温度则会更低，她为了穿高跟鞋好看，不得不脱掉花花的毛线袜子，随手就揣到兜里，盘算着看秀一结束就赶紧穿袜子，寒从脚下生嘛。

很佩服那些时装博主，为了能在秀场门口被更多的街拍被更多人看到，穿着季节难辨的衣裙即便脸被冻得笑容都僵硬了依然不停地摆着pose，我让潇洒姐也多拍几张照片，她却摆摆手："算了，太冷了，回头感冒了耽误回去上班儿。"

这是我第一次正经进入国际时装周的秀场内部，现场漆黑一片，只有T台两侧第一排的人才会被照得浑身散发光芒，确实有不少肤色各异的美人儿相互拥抱亲吻自拍合影。潇洒姐说如果她还是主编，她的位置一定会在第一排，我说坐第一排看那么清楚又有啥用呢？反正也不买。

开场前的寒暄时间实在是太久了，我从进门时新鲜的东张西望，到后来的无聊低头看手机，对面第一排的大美人仿佛也都社交累了，不再侃侃而谈同样开始玩起了各自的手机。在我的无聊快达到巅峰昏昏欲睡时，音乐响起，模特踩着猫步从后台款款走出，而其中起用不少大码模特。20世纪90年代Jean Paul Gaultier的秀上起用一位体重200斤的大码模特，那场秀颠覆了时尚界以往对瘦的执着，媒体都在说"女人从此不用再减肥"。而随着时代的发展，女性主义的崛起，越来越多的品牌也开始起用大码模特。女性可以按照自己的意愿决定自己的身材，选择自己喜欢的衣服，审美也不再趋同，什么身材、什么肤色的女孩子都可以散发自信的光芒。

◎我也是纽约时装周的座上嘉宾啦

巴萨[①]观球记

我不是球迷，甚至还有点烦足球，这主要赖我爸，因为我爸是个球迷。

小时候家里只有一台电视，每当我爸看球时，谁都别想碰电视一下，可那时候足球比赛的时间偏偏总是和动画片播放时间“撞车”。想看动画片？门儿都没有。于是我就“恨”上了足球，后来为了能和我爸争电视，练就一身遥控器快播的本事，就是在用遥控器换频道的时候，只要到足球节目就会用迅雷不及掩耳的速度拨过去，拼的就是我手速快还是我爸眼力快。偶有失手被我爸看到绿茵场的镜头，就只能拨回去，为此我都不知道生气哭过多少回，但毕竟电视是我爸买的，家中霸主地位不得任何动摇。最要命的是，这一看到足球就快速拨过去的习惯，直到现在我都无法改掉，哪怕在我家之后买了两台电视以及自己成家没人抢电视之后，还改不了，这毛病是坐了根儿了。

中学以后，我少女春心萌动地迷上了贝克汉姆，当然不是喜欢看他踢球，而是作为小贝的“颜粉”，怎么看他都帅。在之后的某一年，贝克汉姆随他所在的足球队来北京宣传踢了一场友谊赛，我爸也不知道从哪里搞到了两张票，明明知道我迷他，却没有告诉我这一消息，和我大伯一起去看了球赛，而且还是第一排的位置，小贝近在咫尺。更气人的是，这哥儿俩怕我知道不带我去后生气，还约定好去看球这件事谁都不告诉。

①巴塞罗那足球俱乐部的简称（Futbol Club Barcelona）。

只是一次家庭聚会聊天时，我大伯不小心说走了嘴，知道此事的我倍感父女亲情如此脆弱，又是大哭一场，质问他凭什么不带我去，答曰“怕我在他旁边尖叫影响他看球”。听到这个理由后，我哭得更伤心了，虽然我很清楚如果我去了肯定是会不停尖叫的。

和足球有这样孽缘的我，竟然给潇洒姐谈成了一项去西班牙巴塞罗那看球和采访球员的合作。刚刚盖好合同章，第一时间就给我爸打了个电话，可劲儿地显摆，你当年不是不带我看球么?我这回可不光看球，还和球员聊天呢！这回我可扬眉吐气了。

当我把这项工作的内容告诉潇洒姐时，她有点蒙圈，毕竟她也几乎不看足球，“为什么找我？我们去看什么？和球员聊什么啊”？这是那几天她问我最多的问题。坦白说，去西班牙看球这件好事，是多少球迷梦寐以求的，而这事真落到自己头上，我们自己都觉得有点暴殄天物，更别说这事有多招我朋友圈中哪些球迷朋友的嫉妒了。但这种出去玩的机会，我们怎么会放弃呢？

在巴塞罗那的那几天，我们每天几乎都在往返于诺坎普球场和甘伯体育城训练基地之间。出发西班牙之前，我爸怕我们过于无知而显得太丢人，几乎每天都给我发大段语音，让我们恶补足球及球员相关知识，但我毕竟醉翁之意不在酒，除了梅西和皮克两个听起来还算熟悉的名字外，什么也没记住。虽然辜负了我爸的苦心，但每天能和爸爸大量地聊天，我依然非常开心，真是万万没想到，竟然有一天我和我爸的共同话题会是足球。

诺坎普球场（Camp Nou）是欧洲最大的运动场，亦是巴萨足球俱乐部的大本营，诸多世界级球星“诞生”于此。从1957年9月24日投入使用以来，诺坎普球场就一直是巴塞罗那俱乐部主场。在这里建成之前，球队一直在使用可容纳将近10万名观众的大教堂体育场。1950年6月随着匈牙利天王巨星库巴拉加盟巴萨，原本的体育场方显局促，建立新场地的呼声越来越高。直到1953年末弗朗西斯科·米罗·桑斯当选巴萨主席，才真正把新球场的建立提上日程。在体育场建立初期，这里的官方的名称为“Estadi del FC Barcelona”（英文为“FC

◎诺坎普球场

Barcelona Stadium”，即“巴塞罗那足球俱乐部体育场”），但是很快这座球场以“Camp Nou”（新场地、新体育场）而为球迷所熟知，2000/2001赛季，经过俱乐部会员邮件投票，29102张选票中，19861张（68.25%）选择了“Camp Nou”作为正式名字。我不太理解的是，如果按照音译球场中文应该为“坎普诺”，而为什么会被叫作“诺坎普”呢？

不知道巴萨球迷来诺坎普的第一件事是什么？反正我们是去购物。作为“可能是体育场中最不懂球的两个人”，想到晚上看球可能会冷，第一件事就是前往体育场9号门的俱乐部官方商店买衣服，这里是巴塞罗那市内最大的俱乐部商店，从服装到玩具、从文具到曲奇，你可以在这里买到关于巴萨一切的周边产品。在商店里我们才知道这支球队的衣服原来不只有沿用100多年的蓝红为主色的球衣，还有不同颜色的训练服、客场球衣，等等。别看巴萨是老牌劲旅，但他们在1982年之前竟然都没有正式的服装赞助商，直到1982年才和加泰罗尼亚（Catalunya）的本土品牌Meyba签约。Meyba为它们设计了非常有加泰罗尼亚风格的橙色球衣，后来Meyba品牌陨落，几经周折才和现在的耐克达成了长达20年的合作。

购物是需要氛围的，在这家“巴萨感”极强的

商店，我们也有点失去理智地开始购物，明明是回家后再也不会穿的球衣和外套，价格都不看地随手挑了好几套，直到结账的时候才发现球衣原来还分球迷版和球员版，球员版球衣的价格近千元人民币，差不多是球迷版的2倍。

看球的装备都置办齐了，那么接下来就是看球了。虽然我之前从未在现场看过足球比赛，但却路过足球比赛开场之前的北京工人体育场，比赛开场前北京国安的球迷会把本就不宽敞的道路堵得水泄不通，让人无法前行，所以从酒店去诺坎普时

1 | 2

1 我给自己定制了带有我名字的球衣

2 入场前的诺坎普球场让人感觉全巴塞罗那的人都聚集在此

会走得非常艰难，早在我预料之中。由于初来贵宝地对路程远近实在没有概念，虽然明知会堵车我们还是决定坐车前往，能开到哪儿算哪儿。随着路上穿红蓝队服的人越来越多，我们的车走得也越来越艰难，索性下车随着人群步行前往，这么多人，走错路找不到球场的几率为0。

当诺坎普出现在视线范围内，包括我们在内的所有路人都变得异常亢奋，身边无数人吹着小喇叭，夹杂着被堵汽车的鸣笛声，虽吵闹但并不令人烦躁。远远地看到球场内还有烟火放出，大家随之尖叫起来。这不是我第一次来西班牙，但却是我在西班

牙见过人最多的一次，感觉整个巴塞罗那的人都倾巢而出。

我们挥舞着门票准备随着人群进入诺坎普检票口，工作人员示意我们到一条人很少的队伍排队，心说西班牙人民对外宾这么友好呢？仔细一看原来我们手上拿的是VIP门票要走单独通道。一下就觉得自己“高贵”了起来，邀请我们来的客户是巴萨的赞助商之一，实在太有面子了！进入了大门就开始和潇洒姐念叨：“你说一会儿会不会有摄像机拍到咱们啊？那全世界看转播的人可都看到咱们了！一会补补妆吧！”“据说只要6000万欧元就能赞助球队！等咱有了钱咱也赞助，把你大照片挂梅西旁边。”只要6000万欧元，我真是哪儿来的勇气在6000

1|2

1 生平看的第一场足球赛

2 等待球赛开始的休息区，感觉特别“财富人生”

万欧元前加个“只要”两字呀。

进入VIP看台的小门，仿佛进入了另一个世界，隔绝了外面的喧嚣，连站在门口检票的人都是穿着黑色礼服长得极俊俏的西班牙小哥哥。小哥哥扫描完球票亲手为我戴上专门的腕带，旁边和我们一起来的公关打趣道：“他是在跟你求婚吗？”

“财富人生”的感觉是从打开VIP休息区的电梯门时开始有的，从侍者手中很随意地拿起一杯香槟，走到晚餐区取上几片烟熏火腿，或是在巴萨的金色奖杯前合影，或者随着现场乐队轻轻摇摆身体，这不像是要看球，而是一场鸡尾酒会，只不

过在场所有人都穿着巴萨球衣。

邀请我们的品牌是球队第三赞助商，其包厢位置在C位旁边，但也是非常正的。走进包厢小屋，并不能第一时间看到赛场，印有赞助商名字的球衣封在相框中和球员合影一起挂在墙上。室内有沙发、电视、吧台，可以选择在房间里看球，也可以从另外一扇玻璃门走出去坐在看台上看。因为VIP包厢在最顶层，算是运动场内距离球员最远的位置，绿茵场上的球员变得如《格列佛游记》中的小人般大小，但在球场内强烈的灯光下，倒也没有感觉看不清，反而超高的清晰度很令我们吃惊。但如果想要看球员的表情特写，就得抬头看

1 | 3
2

1 虽然距离远，但是依然可以看得很清楚

2 在包厢里十分嘚瑟的我

3 专门定制的围巾，生平看的第一场球非常有仪式感了

观众席上方的电视了，电视中还会随时切换比分动态和结束倒计时。

因为在巴萨主场，满场都是红蓝条的球迷，高唱着巴萨队歌，十万人合唱一首歌的感觉颇为震撼。服务人员从我们身后递过来啤酒、薯片和一条羊毛小围巾。围巾上编织的图案是当天日期和对阵两队的名字和队徽，这时候我才知道我们今天看的球赛是欧洲冠军杯联赛，巴萨对阵曼联。

不知是新鲜还是氛围使然，我竟然看进

去了！90分钟的时间，眼珠不停地看着球员在绿茵场上奔跑争抢竟然一点都没觉得无聊，似乎有点知道爸爸为什么会被足球如此吸引。有人说，喜欢看足球比赛是因为喜欢那种宏大的叙事方式，90分钟的比赛中包含了忠诚与敌对、强烈的归属感、华丽的美感、戏剧性的冲突，运气好的话还能看到史诗般的战斗。梅西进球的时候我也跟着一起欢呼，那时全场都是他的名字。眼瞅着下半场输赢已成定局，场内本就不多的曼联球迷纷纷起身准备离开，垂头丧气，表情凝重，这时电视屏幕上出现希望曼联球迷不要气馁别离开的字幕，但依然大量的红衣球迷提前退场。

当终场哨声响起，球迷们全体起立边鼓掌边再次唱起巴萨队歌，而我们则走出包厢在休息室和陌生人相互拥抱，庆祝完毕再看向看台，球迷们竟然几乎已经撤退光了，没有一点滞留。走出诺坎普，街上呈现出与球场内的空旷完全不同的景象，球迷在门口久久没有离去，交通完全瘫痪，我们不得不步行回去。

因为比赛的胜利，街道上的气氛格外热烈，路两边的酒馆和餐厅敞开着大门，里面坐满了欢笑甚至是叫嚷的人群。对于足球，我也说不出个所以然，想表达刚刚的精彩，但却不知道应该用什么样的形容词，只是跟着人群一起哈哈大笑。我觉得我的起步有点太高阶了，第一次看球就看了这么顶级的比赛，像极了我学冲浪，一上来就在夏威夷、塔希提岛的顶级浪点初学，颇有种杀鸡用牛刀之感。

比赛结束第二天，我们被安排去训练场观看球员训练，这个临时增加的环节让我们喜出望外。经过前一晚的足球比赛，再看他们训练犹如老友见面一般，虽然他们并不认识我们。

训练场并不在诺坎普，而是在巴塞罗那郊区的甘伯体育城训练基地，这里“撞星率”极高，所以门口经常徘徊着大量巴萨粉丝，希望能在球员进入训练场前拍下他们的影像或者能拿到签名留念。我们甚至在门口碰到了来自中国的球迷，这也让我变得更加嘚瑟，毕竟我们是被允许进入内部的。训练基地内分为若干个训练场，

◎位于巴塞罗那郊区的甘伯体育城训练基地

我们虽然进入其中但并不被允许随便走动，上楼梯的时候我随手拍了一张照片，被工作人员误以为在拍球员的座驾，被要求将照片删除。这可有点冤枉我了，我不过是刘姥姥进大观园看啥都新鲜，都没注意到停车场在哪里，更别说分辨出哪些是球员的车了。

进入训练场看台，落座第一排，球员入口就在身边，此时各种媒体的长枪短炮早已架好机位，吓得我们大气都不敢出。我压低声音问工作人员：“梅西会来吗？”她说不一定，可能会去做理疗，是否会参加训练都要听教练员的安排。没一会儿，球员们三五成群聊着天吵吵闹闹地陆续进入场地，因为前一天刚刚踢完比赛，这将会是一场强度不大的恢复训练，从他们身上完全看不出任何疲惫。球员们似乎早已习惯在众人注视

1|2

1 看到我们在拍照，身后的记者也在比耶

2 球员出场，多么结实的小腿呀

下活动，准确地说是完全无视我们的存在。而我们却被他们结实的小腿吸引了全部注意力，训练雕琢出来的小腿，充满着肌肉力量之美。

如果说其他球员进场时快门声是“咔嚓咔嚓”，那梅西入场则是如连珠炮一般的“噼里啪啦”，和昨天相比，他刚刚剪过头发，处于“新头三天傻”的阶段。由于球员们走到训练场的另一端，我们手中的手机完全无法照清楚，这才知道那些长枪短炮的意义。媒体拍媒体需要的素材，我们这些做游客的当然是可着劲儿地自拍留念。潇洒姐坐在我身边，双手交叉于胸前看着运动员的小腿如教练般若有所思地频频点头，我说：“王指导，您对明天那场球有什么看法？”她也不含糊，故作深沉地说：“明天那场球就照着和曼联那么踢就成，不用改变战术。”“那您知道明天是哪儿对哪儿吗？”我不怀好意地接着问。打了磕巴的她拉着我闷闷地笑了起来。没一会儿工作人员便通知我们和媒体一同离开，原来只有开始训练前的20分钟可以拍摄，真正如何训练及布局，依然是不对外公开的。

我们看的第二场球是西甲联赛，品牌商为了让我们有不同体验，这次将我们的看球位置安排在距离球场最近的第一排，这个位置虽然少了VIP室的尊贵之感，但可以看得更清楚了。正式比赛前，机器给草地喷水，球员也在一旁做着热身。抬头望去，才知道足球转播画面中那些俯拍镜头，原来都是出自球场

◎西甲联赛开场前

上空钢丝上挂着的摄像机，摄像机飞速追踪足球，滚轴摩擦钢丝发出嘶嘶的声响。转过头看坐在后边的观众，手里挥舞的都是加泰罗尼亚旗帜，我们住的地区，很多居民家阳台上也挂着这种黄红条纹旗帜。

正式比赛还没有开始多久天空便开始飘起小雨，由于位置太过靠前，所以看台上的防雨棚也照顾不到我们。这种小雨往往“伤害不大但侮辱性极强”，虽然带了雨伞但怕妨碍后边观众看球也不敢撑起，没多会儿我们浑身上下便被浸湿，此刻十分想念远处的VIP包厢。此次对阵的球队的实力似乎不是太强，巴萨球员的跑动明显没有对阵曼联时的剧烈，对抗性的比赛果然都是遇强则强。当一直处于领先的巴萨被对方踢平时，全场哗然，原本坐在小板凳上的警察立刻站起来拉上警戒线，面向观众组成一道人墙，想必是怕激动的球迷冲到场地当中。这场比赛，我看起来就觉得没多大意思。看完上场比赛时我差点都觉得自己爱上足球了，这场比赛看完，发现我还是我……

比赛结束，我们又被邀请参加了记者会，这次可真是体验了“大全套”。只是站在人高马大的记者群之中，我们几乎什么都看不到，只能看到一位球员在人群中留出一个小脑袋，对着无数话筒说话，反正我们是来看热闹的，能体验到这些，已经心满意足。

几日之间，我们和球员之间的距离一步步拉近，看了两场比赛和一场训练之后就到了重头戏——专访球员。采访之前我们应邀参观了球员餐厅，探寻这些小伙子都吃些什么喝些什么才能有这副好身板。当我俩正在数冰箱内有多少种酸奶之际，一位年轻的球员穿着拖鞋来小餐厅拿吃的。头发蓬乱的他显然一副刚睡醒的样子，但依然掩盖不住帅气的面庞，什么未来球星啊，在我这种中年大姐眼中就是三个字——“小伙子”，忍不住地逗人家，小伙子匆忙拿了几个水果就害羞跑掉，但不一会又叫来几个小伙伴，门开了一道缝隙，一群小脑袋探出来呵呵地笑，然后又一同叫喊着跑开。

潇洒姐的采访任务虽然简单，但很艰巨，简单的是只需要问几个吃喝玩乐相关问题，艰巨的点在于每个人的采访时间有限，什么时间到达也不确定。训练基地的媒体中心很像是一个临时建筑，由一间大的群访室和若干小的专访室组成。直到采访临开始前我们才拿到最终确定的接受采访球员名单。由于不懂西班牙语，采访全程需要翻译作陪，这让本就有限的时间变得更加紧张。

巴萨的对外公关部门要求非常严格，球员们接受不同赞助商的采访或者商业活动，需要换上不同种类的服装，包括在训练的时候他们都要穿着训练赞助商的服装，不可随意胡乱搭配。因为球员还要参加其他几项活动，所以我们的等待显得相当漫长。我在国内的时候经常会做明星专访，往往都是约定好准确的时间，艺人们带着美美的妆容，给到我足够的时间用于聊天，从没参加过群访，并不了解记者们的艰辛。等待间隙跑到群访室偷看，刚刚结束群访的记者们都在原地第一时间编辑着刚刚拍摄到的内容，视频剪辑速度之快令人咋舌，各种快捷键用得眼花缭乱，都在努力抓紧时间只为先于房间内的其他同行发稿。像今天我们这种流水席似的专访，我之前也未曾体验过，在采访前一日为了不耽误任何一分钟，所有工作人员开了几小时的会用于捋顺流程。

等待过程中，每当有人从房间门前经过，我们就进入“战备”状态——迅速举起摄像机照相机对准门口，只为捕捉到球员进门那一瞬，但结果往往是虚晃一枪，路过的工作人员也会折返回来探头探脑地看我们在做什么，引得大家哄堂大笑。如

◎ 参观诺坎普

此反复几小时过去，累得我们都瘫坐在地上，直到下一位球员进来再次投入战斗。采访过程中最忙的部分要算是签名了，因为要为粉丝准备礼物，我们在诺坎普的官方商店提前买好大量周边，希望球员可以尽可能多地签上几份，加上我们自己也有私心，私人纪念品也夹杂其中，所以每一位球员签名的时候大家都进入癫狂状态。和我同去贝加尔湖看蓝冰的同事BB，是球员皮克的“大忠粉”，因为我没提前告诉她来西班牙会站在皮克身边而为此生了我好几天的气，她说要知道能见到皮克还能和他聊天，自费飞来追星也好呀。我委实有点冤枉，我也不知道能见到他嘛，只好专门挑选了礼物让皮克签名后送给她，这才顺了她的气。

诺坎普球场看台上由不同颜色的座位醒目地组成这样一句话——“Més que un club”，中文意思是“不仅仅是一家俱乐部”。在巴萨官网上有着这样的阐释“不仅仅是一支群星闪耀的球队；也不仅仅是一座梦想交织而成的体育场；在球场取得的进球并不能代表我们的全部；即便是历史上赢得的所有奖杯，也无法完全诠释我们的价值”。巴萨秉承着“尊重、努力、雄心、团队合作和谦逊”的价值观度过了一百多年的历史。如果想真切地感受它为什么不只是一家俱乐部，就可以从位于诺坎普体育场内的巴萨博物馆开始了解。

巴萨博物馆内漆黑一片，大厅展示柜上的一道道射灯，把满墙的奖杯照得熠熠发光。这里展示的奖杯多到比北京阜成门专门做奖杯加工一条街上的陈列品还要多。巴萨是由一群居住在巴塞罗那的外来青年建立的，也正是这个与众不同的起源让俱乐部的文化和竞技种类更加丰富。1899年10月，创始人甘伯在*Los Deportes*杂志投放了一则广告，希望找到志同道合的球员来成立一支球队，并用这座城市的名字为它命名，采用象征这座城市的徽章作为队徽。但到20世纪30年代，这支茁壮成长的球队却因局势的动荡，不可避免地遭到重创。后又经历了甘伯离世、主席遭暗杀、球员被禁赛等接连打击，巴萨进入了相当长一段黑暗的低谷时期。1968年1月17日巴萨时任主席卡雷拉斯在他的提名演讲中提到了那句著名的“巴萨不仅仅是一家足球俱乐部”。1973年，蒙塔尔当选为俱乐部主席，他的竞选标语就是“巴萨不仅仅是一家俱乐部”。在以后的日子里，巴萨引进了包括马拉多纳在内的更多传奇球员，为足球梦之队打下了坚实的基础……

穿梭完博物馆内的百年时空，我们被工作人员引领着快速穿过各种小门，眼前突然一片豁然开朗，原来是走到了球场场地内。仰仗着赞助商的面子，我们狐假虎威地被安排进入游客不允许进入的草坪区域。虽然被允许进入，但我们依然小心翼翼地踏着边缘。在训练场采访教练的时候，就被告知深色草坪造价昂贵不能踩踏，所以我们不敢轻易越雷池一步，生怕这一脚就踩贵了。客场队的休息室被对外开放，但因为游客众多，本就不太宽敞的休息室里更显得局促不堪，除了一些基本设施外再也看不到什么亮点。主场休息室因为储存着球员私人物品不对外开放，但是我们又被特别允许地往里探上一小头。这里的与客场队休息室简直就是两个世界，宽敞、明亮，设备也完备得多，会议室、spa区、医疗室一应俱全。怪不得客场和主场比赛的比分会如此悬殊，原来从建筑气势上就开始打压客队，制造出压倒式的氛围，这也太“狡猾”了！

甭说休息室了，主客队的球员入场通道颜色都大有不同，主队通道被刷成明艳的橘色，两边挂满了历代队伍获胜的照片，我们穿梭在其中感受到一种神奇的穿越时空之感。幻想着比赛之时，球场中回荡着十万球迷齐喊自己队伍名字的声音，这是何等的震撼和振奋，浑身充满了力量。问工作人员为什么要用橘色，她嫣然一笑，答道：“Champion。”

◎橘色的球员通道，工作人员说：“Champion。”

夜奔

到底要不要在孩子很小的时候带着出去玩，一直是一个挺有争议的话题。支持者可以列出一系列的好处，诸如提高孩子认知拓宽视野、有助于智力发展、培育孩子适应能力、锻炼胆量、帮助增加亲子关系等，反对者则认为孩子太小什么都记不住、出门在外非常容易生病、长途跋涉破坏孩子的生物钟，等等。

记得我二十出头第一次独自去泰国旅行，前往皮皮岛的船上旁边坐着的就是一对带着五六岁大小孩子的中国夫妻。闲来无聊就问他们之前去了哪里？玩得如何？如今那对夫妻的相貌我已经完全记不得，但当时他俩一努嘴，指着在一旁跑来跑去根本闲不下来的孩子，“有他，什么都玩不痛快”的表情依然历历在目。

后来我结婚生子，但依然我行我素，无论是出差还是旅行，同样干脆地收拾好行李说走就走，把老公和孩子丢在家里，毫无留恋。我不是那种一有家庭就一万个挂念在心头的妈妈，自己玩得高兴比什么都重要。当然也会在看到老外夫妻拖家带口地在酒店度假时偶尔动下恻隐之心，人家带着三四个孩子照样玩得不亦乐乎，我也不能太自私，于是脑子一抽，决定和我老公白纸先生带当时只有3岁半的儿子出趟远门。

因为姑姑移居布拉格多年，加之《布拉格之恋》和《鼹鼠的故事》让我对那里早已神往已久，布拉格自然成为全家长途

◎ 带小朋友长途旅行真是件辛苦的事

旅行的第一目标，哼着“我就站在布拉格黄昏的广场，在许愿池投下了希望”……我们便踏上飞往布拉格的旅途。

虽然布拉格是第一目的地，但我们的活动范围并不打算只局限在布拉格，计划搭乘荷兰皇家航空落地法兰克福，从法兰克福驾车到奥地利的维也纳、萨尔斯堡转一圈再回到德国，从德国入境捷克，周围几个国家转转也不枉费我们这一趟那么久的飞行时间和不菲的路费。欧盟的建立，让欧洲国家之间的国界早已变得模糊，采用自驾的方式在各国间穿行，只是感觉从A地点到B地点，而不是从A国到B国。本来欧洲国家有史以来的统治者们都是这个嫁那个、那个娶这个，弄来弄去都是远房亲戚串门子。

我在之后的几次欧洲旅行中，除了一次内河游轮的体验工作外，其他几乎都选择自驾方式。要说在欧洲想要几天内游览多个国家和城市，我倒是很推崇游轮之旅。但凡尝试过这种几天几国游的人一定都体验过终日收拾行李之苦，尤其像我这样一进到酒店就爱把东西铺得到处都是的人，一想到第二天一早还要装回去就头痛万分，我也努力尝试过尽量少把行李拿出，但化妆包、洗漱包不得不拿吧，每日更换内衣裤不得不拿吧，出门在外每日穿搭得更换吧，这些必需品就是行李的全部了。而在游轮上就完全没有这种烦恼，房间内安安稳稳地睡上一觉就到了一座新城市，城市游览之后从下一个码头上船行驶几小时就又是另一个世界。不外出的时候，悠哉地躺在床上，透过落地窗看窗外的风光变化，犹如一幅移动的画卷。在我从德国

“躺到”荷兰的时候，窗外的风景从远处满是城堡的小山变成大片的绿地，刚刚还是有点暗黑的哥特风瞬间切换到大风车的田园小清新，让人一下就爱上荷兰这个国家。虽然模糊了地域上的国界，但不同的文化背景依然能辨别出文化上的国界。只可惜，在欧洲只有老年人才会选择内河游轮，当我们的船只行驶在阿姆斯特丹时，从对面驶来的游轮平台上站满了欣赏风景的老人，两艘游轮相会时明显感到对面老人们友好且诧异的眼神，没想到我们这样的年纪也会选择游轮旅行。想必心说“这来自东方鹤发童颜的老姐们儿不错嘿”。

自驾对我们这些远道而来的客人，最大的问题就是不懂当地交通的法律法规，在我和潇洒姐参加一档从葡萄牙自驾到西班牙的真人秀拍摄时，就在葡西国边界上被葡萄牙警察给我们狠狠地上了一课。虽然是一档自驾真人秀，但除去拍摄时间，为了保证我们能安全准时地到达下一拍摄地点，其他时间我们都会坐在由专业跟车老师驾驶的工作车上。为了能在暴雨前从葡萄牙酒庄尽快赶到西班牙马德里，跟车老师在高速上一路狂飙，速度一度快到令我们感到害怕，一个劲儿地劝老师其实我们也没有那么赶时间啦。我们的车速本就不慢，但在高速上还一个劲儿地被其他车超车，当时最大的疑惑就是葡萄牙的高速没个限速吗？夜幕降临，正当导航显示即将驶离葡萄牙时，我们的车队被大批警察引导着减速，并要求停在指定区域，此刻我们还以为是边境检查，停车区域里同被拦下的还有刚刚从我们身边飞驰而过的为数不多的那几辆车。导演、制片人和跟车司机老师下车配合警察工作，而我们则被警方要求待在车上原地不动。时间一分一秒地过去，因为被要求不能下车，只能关切地透过车窗看外面的情况。起初还有几名警察轮番从车窗伸进头来问我们来葡萄牙做什么，要去哪里，后来干脆把我们晾在一边。随着天越来越暗，我们已经看不清导演他们的表情，其他先于我们被扣留的车辆也已经离开，而在我们之后也没有更多车辆进入此区域。正在伸长脖子想知道到底出了什么事的时候，导演拉开车门，取了包并留下一句："我刚问了，不会拘留咱们。"然后再次转身离开。

不说倒好，突然没头没尾地留下这一句，包括我们在内的其余工作人员都在车里慌了神儿，我们什么时候犯法了？大家拼命回顾着自己在葡萄牙的所作所为，好像也没干什么坏事啊！不一会导演几人归来，跟车老师迅速启动汽车离开停车区域。我们急切地问导演到底怎么回事，导演来句："警察都不会英文，我也没太听懂他们说什么，好像是我们超速了，或者违反了什么，我就问了下会不会留案底，他们还挺高兴的，说：'Just pay。'"我们这才长舒一口气，问他交了多少罚款，制片人在旁边哭丧着脸说："一车1200，咱仨车……3600没了，欧元啊！"

我的欧洲家庭之旅因为带着年幼的儿子，可不敢这么"激进"，在布拉格长大并常年游走在欧洲各地的表弟自告奋勇地担当此次旅行的"地陪"。本以为万事俱备，可偏偏就在临行前，表弟却突然被派往希腊工作，接待我们的重任就落到他的女友小忻身上，小忻做事事无巨细，虽是第一次见面，但我们之间却没有丝毫陌生感。当她驾驶着与她娇小身形有着天壤之别的巨大SUV并借来了儿童安全座椅到法兰克福机场接我们的时候，我就知道这趟妥了。

事实证明，若非要带个3岁的孩子出门旅行，随便去个海边玩玩沙子就足够了，像欧洲这种以参观建筑、了解历史为主的地方实在不适合小朋友。满是石阶和楼梯的道路，让小朋友自己走吧，实在太累；坐在推车里吧，颠簸不说，抬车上台阶给我们累得几次想把车扔掉。每当想静心看看教堂和历史建筑时，孩子不是因为害怕就是因为无聊哭闹只能匆匆走马观花或干脆放弃。几天下来，孩子最高兴的时刻反而是在美泉宫门口捡石头子、在萨尔斯堡城堡里的炮台上爬来爬去以及在哈尔施塔特的湖边喂天鹅，这些事儿明明在我家门口的小公园都可以做到，我又何必跨越欧亚大陆？

◎都是玩石头，我为什么要飞到奥地利

◎慕尼黑啤酒节大门

大人玩不踏实、孩子觉得无趣，我们心心念念着只盼望快点到达布拉格，这样就能把孩子“扔”给我姑照看，我们也算能踏踏实实地玩上一会。可因为听说正值慕尼黑啤酒节，所以即便再想甩掉这个“小包袱”也决定不能错过这个好时机，绕道慕尼黑看看快具有200年历史的德国传统节日到底是个什么样子。

慕尼黑啤酒节(The Munich Oktoberfest)又称“十月节”。1810年10月12日，巴伐利亚王储路德维希一世与萨克森王国特蕾泽·夏洛特·露易丝公主举行盛大的婚礼。王储的父亲为庆祝这一喜事，决定为儿子举行为期两天的庆祝活动。在这两天时间内，国王大摆“流水席”，向平民免费供应餐饮。平时国王威严的骑兵卫队也在慕尼黑西南的一个大草坪上举行赛马活动和射击比赛，以示助兴。为了纪念这个值得庆祝的好日子，参赛的卫兵请求国王用新娘的名字来命名这块草坪，也就是“特蕾泽

草坪”（Theresienwiese）。由于这个庆典人民玩得着实欢乐，于是要求1811年再搞一次，从此“十月节”就这么一年又一年地举办了下去，而每年的举办地也都固定在特蕾泽草坪，延续至今。因为这个节日的主要饮料为啤酒，所以人们更习惯将它称之为“啤酒节”。啤酒节从每年9月末一直持续到10月初。

啤酒节期间，即使没有导航你也不用担心找不到特蕾泽草坪在哪里，只需要跟随着满街穿着巴伐利亚民族服装的人群行走，他们一定会把你带到最终目的地啤酒节现场。我们到达慕尼黑的时候，寒流席卷欧洲大陆，突如其来的降温以至于我们不得不迅速去服装店为孩子置办羽绒服，要不是实在太冷，我肯定也给自己置办一身巴伐利亚的鲜艳的民族服装。郎朗的妻子吉娜·爱丽丝曾在一档真人秀节目中穿过巴伐利亚传统裙子，节目中的她即使再冷也不肯披上保暖的外衣。慕尼黑街头奔赴啤酒节的人们亦是如此，即使皮肤被冻得红彤彤也依然兴致勃勃。

1|2

1 容纳几千人的大帐篷

2 啤酒节现场像嘉年华一样

慕尼黑的几大啤酒厂在特蕾泽草坪上搭起巨大的帐篷，这种帐篷被称为“Bierzelten”，每个帐篷里摆满了长条木桌和板凳，一端还搭建出一个小舞台，乐队在此演奏民间乐曲。每个巨型帐篷能容纳下三四千人，所有人举着酒杯或站或坐在板凳上，一起唱着歌，觥筹交错间呈现一片欢乐的海洋。帐篷外面挂满了各种标新立异的霓虹，为凑热闹每个帐篷我们都没有放过，必要到里面转上一圈。帐篷之间的空旷区域是啤酒节嘉年华，搭建了不少诸如套圈、旋转木马这样适合小孩子玩的娱乐项目，琳琅满目的纪念品商店更是让人应接不暇。进门区域还特别设置了临时邮局，只有在此处购买明信片并寄出才能获得慕尼黑啤酒节特殊的邮戳。

1 | 2

1 小朋友的快乐时光

2 啤酒节上琳琅满目的传统商品看花了眼睛

虽然很想体验当地人的欢乐，但由于我们要赶路回布拉格，除了酒精过敏的我以外，白纸先生和小忻一滴酒精都不敢沾，过了一个无酒精的啤酒节，他们的定力令人钦佩。离开慕尼黑时并不算太晚，在没有路灯的高速公路上，刚刚的喧嚣很快被我们甩在身后，热闹与寂静的迅速切换，让人一时间难以适应。我们甚至商量要不要打道回府，不应该就此错过难得的啤酒节，但既已上路就不再回头，毕竟还有更美的布拉格风景等待着我们。

夜色渐浓，夕阳跌落于远方，黑暗吞噬了最后一抹余晖，只有车灯照射出前方的路。儿子早已靠在我身边抱着刚在啤酒节上套圈得到的狮子玩偶睡着，我似乎也迷迷糊糊地被车摇睡，再次醒来时，已停在高速公路上的加油站前。按照现有的行驶速度，我们将在午夜抵达布拉格，小忻将新买的两杯咖啡一饮而尽，坐在副驾的白纸先生则储备了几罐红牛，只待加好油我们就可以全力“冲刺”布拉格了。

旅行嘛，总会有一些突如其来的状况打乱原有计划，千算万算没想到这个高速公路的加油站不能给我们这辆柴油驱动的SUV加油，用导航计算了一下，我们所剩下的油无法支撑到下一个高速加油站，幸运的是只要离开高速，不用开太远还有一个加油站就在前方。

在导航的指引下，我们顺利地离开高速公路，由于依然没有路灯，我们开得格外谨慎。与刚刚开阔的视野不同，道路两旁的树木越发多了起来，树干粗壮高大，皎洁的月光从树叶间隙中洒下斑驳的银色，四周静寂无声，即使在封闭的车厢内轮胎与地面摩擦的声音依然听得十分清晰，不知开了多远，用于导航的手机已经发出低电量警报。那时车的配置还不像现在的新款车一般拥有usb充电端口或者Carplay功能，手机在没有电源的情况下只能靠着移动电源补充电量，但我们和小忻所携带的两个移动电源早已没电，也就是说唯一能指路的手机也就剩下不到20%的电量。这让我们有点慌张，于是我们开始试图努力记住前面的路和回到高速公路的路，并关闭屏幕用语音播报的方式尽量减少耗电。大约开了20多分钟终于到达导航标注的加油站位置。这是一个看起来不是很大的村子，明明还不到晚上10点，但各家各户已然熄灯，除了偶尔听到几声犬吠，乡村道路上寻不到任何一个人。当看到远处加油站的灯箱关闭的时候，我就出现不好的预感，这里似乎已经下班了，但我们依然不肯放弃，围着加油站转了一小圈，确认没人。于是又往村子深处开了一些，没有几户人家的小村子仿佛早已进入了睡眠模式，哪怕看门狗因为我们这些陌生人的到来叫声变得更猛烈，也没有一户人家打开灯。

我们不得不再次搜索附近加油站，导航显示继续往前开个十几分钟还有一家，此刻我们只希望那家可以照常营业。看着在一旁熟睡的儿子，我忍不住问："万一下一个加油站也关门了，咱们怎么办？"白纸回过头来严厉地给了我一句："不许乌鸦嘴！"显然他已经有点焦躁了。我知道我们每个人心中都产生了这个想法，只是我第一个把它说出口。第二个加油站，就在路边，远远地就看到醒目的灯箱广告和发出冷光的探照灯，我们欣喜若狂，那哪里是广告牌啊，简直就是我们的指路明灯！但终究是一场空欢喜，让我的乌鸦嘴给叨上了，依然没有一个人，我们甚至努力地想撬动一下加油枪嘴强行加油……皆是徒劳。

我开始绝望，人生中第一次遭遇没油，更何况在这乌漆墨黑的鬼地方。小忻用手机最后5%电量搜到第三个加油站，此时我们早已不记得油表灯到底亮了多久，也不清楚在油表灯发出警告后到底开了多少公里。我们已经没有任何选择，只能继续往前开，并在手机自动关机前大致记下前方是否有岔路口，应该往哪里拐。就这样深夜陌生乡村道路上，三个大人一个小孩，一辆不清楚还能开多远的车，一部能导航却没有电的捷克手机、两部还有一点电但自从下了高速就没信号的中国手机（因为小忻的手机类似合约机，电话卡不能插到我们的手机上），组成了当晚“绝望组合”。

我们关闭了空调，也不敢大力踩油门，踩一脚油门就空挡滑行一会，希望剩下的油能够尽可能地多支撑一会。当你觉得你已经糟糕到不能再糟糕时，生活总能用实际行动再给上你一记响亮的巴掌——两旁茂密的树木斜斜地向路中间伸展，道路被夹得越发狭窄，车顶碰撞着树叶不断发出刷刷的声音，我们似乎开到了大森林里，一些奇怪的动物叫声也随之而来并且越来越响亮。我不敢再说任何泄气的话，但作为“内心戏表演艺术家”，心中早就上演了好几场恐怖电影。第一场：我们迷失在不知名的原始森林里，直到很久之后上山伐木的工人才发现我们；第二场：我们被困在森林里，夜晚的寒风将我们冻透；第三场：我们决定就此过夜，结果被森林中的狼群和狗熊盯上，狼群首领跳到车顶不断用爪子挠天窗，大狗熊疯狂地摇晃着整个车身，直到森林猎人一声枪响，我们方才获救。国际新闻报道了此事，我们被救出时每人裹了一个有点丑的被单……想到此处担心地抱紧身边的儿子，他试图睁开眼瞟了一下，问了一声："这是哪儿啊？"然后继续酣然睡去。

我们在森林中谨慎滑行，随着两旁树木的减少眼前也豁然开朗，我们没有误入桃花源，而是进入到一个新的小镇区域。笼罩在夜色中的小镇，静谧依旧，但至少这里有了路灯。开上小镇主干道没多远，只见拐角处一栋米色房子内亮着灯，灯影下人影闪烁。我们停在房子门前，刚下车就听到房子内传来爽朗的笑声，这笑声让我们充满希望，更让我们惊喜的是这是一间乡村旅馆，笑声正是来自旅馆内的餐厅酒馆。

当我们抱着还在熟睡的孩子推开旅店的门，酒馆内的大叔们都停止了聊天，酒杯还举在空中齐刷刷地看向我们。我们没人会德语，而大叔能说的英语也十分有限，连说带比画半天依然是鸡同鸭讲。热情的大叔示意让我们坐下稍等，不一会拉来了睡眼惺忪的中年男子。中年男子是大叔的儿子，显然是刚刚被大叔从睡梦中唤醒，因为大叔的儿子会说英语。我们说明来意和困境，大叔儿子表示旁边不远处就是加油站，但早已关门，旅馆内正好还有空房间，让我们今晚就安顿于此。

当我们把所有行李提到旅馆房间，瘫坐在床上时，才真正地放松下来。白纸说：“我以为咱们今晚会困在森林里。”“什么叫‘山重水复疑无路，柳暗花明又一村’。咱老祖宗就是智慧，这地儿不会叫‘又一村’吧。”心里踏实了，我才敢开起玩笑。此时，我们的小家伙因为几个人上上下下而被吵醒开始闹觉，又哭又闹地非要看动画片，这大半夜的上哪找动画片去，索性打开电视，有什么播什么，简单洗漱过后便也顾不上看电视的孩子，沉沉睡去。

◎旅馆的留言簿

大清早便被在床上爬来爬去的孩子折腾醒，小孩真是“充电5分钟，通话2小时”，有他在，睡懒觉是不能的了。带着孩子下楼吃早餐，昨晚的老板大叔和老板娘早已经起床打扫着他们的小旅馆。一位年轻一点的女人从收银台冒出头来向我们问好，并询问早餐要吃什么。原来昨晚的中年男子并不是大叔的儿子，而是女婿。老夫妻俩连同几个女儿女婿共同经营着这家叫作Burkhard的旅店，他们自豪地告诉我他们家族从1854年开始就在这栋房子里生活，还说我们是自从酒店经营以来接待的第一批中国客人，并主动请缨带领我们去加油站加油。我们也同样表达了能在这样一个夜晚遇到他们的旅店该是多么幸运，并在留言簿上用中文写下大段赞美之词。

临行前，看到收银台上摆放着店内自己制作的明信片，买下一张写上“永远不会忘记这里”，托老板娘帮我们邮寄到北京。对于旅馆来说，我们可能只是一家从东方远道而来的客人，而对于我们来说，Burkhard远不止一家乡村旅社，而是我们在陌生绝境中的温暖希望。

2020年，当疫情阻止了我的旅行步伐，网上发起了“云旅行”的活动，我在微博上传了当年的照片，由于当时着急赶路，我们没有时间在小镇上逛上一逛，只是随手拍了几张旅馆周围的环境的照片，我说至今不知这家旅社身在何处。微博发出几天之后，忽然发现一名网友留言，说她在我随手拍到的墙面上发现一行模糊的德文，据她判断那是一家面包房的名字，又通过这家名为“Bäckerei meillingen”的面包房搜索出小镇的名字为“Wernberg-Köblitz”。于是我开始在各种在线地图上搜索Wernberg-Köblitz，终于找到了Burkhard旅店的准确位置并搜到他们的网站，才得知当年那位热情的德国大叔已在几年前去世，旅店由他的太太以及几位女儿女婿继续经营，那个夜晚中的小酒馆已经发展成当地最为著名的餐厅。

◎正是这张照片中橘粉色房子上的字，让粉丝帮我定位到了小镇名字。

找到沉迷

你相信旅行会改变人的命运吗？我相信。

娜仁托娅就在我们的旅行中找到了她的热爱与沉迷，开启了她更加惊险刺激的人生新篇章。

娜仁托娅是由我负责的一年一度的女子健身赛事“Shape Girl马甲线大赛”中的一名选手，参加这个赛事的女孩子，被我们统称为“Shape Girl”。她是2017年马甲线大赛总决赛的亚军、最佳人气选手获得者，也是为数不多连续报名参加过两届比赛的选手。马甲线大赛不同于专业健身健美赛事，参赛选手都有着不同职业，以都市白领居多，而非职业健身选手。我们甄别一名Shape Girl除了要求她有明显的肌肉线条，还要有自如的谈吐，如果还有才艺傍身，那更会为选手个人加分。我们所寻求女孩与其说是健身达人，不如说是全能偶像。

娜仁托娅在第一届比赛时并不突出，在半决赛时就止步于30强，与其他晋级十强的选手相比，那时的她体脂过高，也没有什么亮眼的才艺。直到第二年，当她的名字再次出现在报名选手名单时，我看着这个似曾相识的名字，连忙翻阅前一年资料，两张照片对比，好像是一个人，又好像不是一个人。除了名字相同、年龄一致，相貌有些相似外，其他的资料都变得不同。居住地前者在北京，后者在深圳；职业前者是教练，后者是流浪者。看到“流浪者”的时候，我满脸疑惑地问其他同事：“‘流浪者’是个什么鬼职业啊？”

随着比赛进程的深入，经过层层选拔，各方面条件都非常优秀的娜仁托娅轻松晋级十强，她将会与其他9名选手一起，来到总决赛现场。所有比赛选手需要提前一天到达现场，我们除了要为她们拍摄选手照片，还要提前让选手们熟悉比赛流程，以确保各环节准确无误。

签到的时候，一位背着巨大背包的长发女生走到我面前："塔姐，又见面了！"

"你是？"面前这个笑起来特别像演员马思纯的女孩，让我一时无法和选手发来的照片对应上。

"我是娜仁托娅啊！咱们去年半决赛就见过！"

"你和去年长得不太一样啦！"

"我刚接了头发，哈哈，感觉这样更好看。"

"感觉你瘦了好多！"

"对呀！为了比赛得努力刷脂呀！不能再像去年那样了。"

决赛现场，我们为选手安排了自我介绍环节，她们要在30秒的介绍中为自己争取更多的现场票数，票数最多者即为现场人气选手。娜仁托娅说："我是一名来自内蒙古草原暂居在深圳的选手，被问得最多的一个问题是，你小时候是不是骑马上学啊？我可以郑重地告诉大家，我不是骑马上学的，但我很喜欢策马驰骋于草原。或许是因为我生长于辽阔的草原，所以对自由有着更深的渴望。我的职业介绍写得有些奇怪——'流浪者'，这是因为我一直在努力寻找自己热爱的事情。大学毕业后，我用三年的时间独自驾车走遍全国。我曾经是一位130斤的女孩，我曾经以为我已经减肥成功，但在参加第一届马甲线大赛后让我知道我还有很大的提升空间，所以我更加努力减脂，让自己的体脂率保持在8%。在这一年中，我还尝试了跑马拉松，从最开始连3公里都跑不下去，到不断练习完成了人生第一个100公里越野赛，而接下来，在马甲线大赛结束之后，我也要再次前往香港完成百公里精英赛。我今天想对大家说，只要你想，只要你做，你终将成为你要成为的那个人。”

就在这场比赛结束一个月后，包括娜仁托娅在内的前三名选手，与我们一同登上前往夏威夷的航班。夏威夷是2017年Shape Girl马甲线大赛的目的地奖品，我们将会在旅游局陪同下在夏威夷展开为时一周的旅行体验。在经过景点、美食、冲浪、呼拉舞、骑马等当地特色体验轮番“轰炸”后，我们迎来了夏威夷之旅最惊险、刺激的项目——跳伞。

对我来说，这已经不是第一次跳伞了，在上一届马甲线大赛的大奖目的地——澳大利亚黄金海岸我已经体验过一次。在Ins上搜索遗愿清单话题，你会发现跳伞这个愿望的排名最为靠前，是很多人心中的终极愿望。但这个行列中并没有我……如果不是旅游局安排，打死我也不会让自己的人生和跳伞扯上半点关系，毕竟我是个连过山车都没玩过的小朋友。

别说过山车了，由于我位听神经不发达，在游乐园里能玩的极限项目竟然是旋转木马……没错，就是小宝宝喜欢玩的那个项目。高中的时候，和同学一起吃冰棍抽中了去北京游乐园的免费门票，由于坐什么都晕，最后只能沦落到为同学看管书

◎在澳洲第一次跳伞前的我，
笑得有些僵硬

包。那时候我还能在同学的怂恿下能玩个激流勇进，可长大后再陪孩子玩，上去那一刻我就开始后悔，心脏不舒服，毫无快感可言。但在澳洲，一方面是工作需要，另一方面是大家的怂恿，尤其在旅游局负责人告诉我她同样不敢玩过山车，但尝试了跳伞觉得很过瘾，自由落体的时间也就5秒钟，所以在任何不舒服发生前就能落地后，我也变得跃跃欲试。气氛烘托到这份儿上了，也没什么可拒绝的理由。

在真正量完体重签完声明之后，我又开始有些担心，担心我万一吐了或是吓到尿裤子岂不是很丢人。教练说他所带飞的这些年从来没有发生过这样的事情，这让我悬着的心，又安抚许多。因为没有经过专业训练，我们的跳伞都是由专业跳伞运动员带飞，我们两个人绑在一起，我决定着他的命运，他也决定着我的命运。澳洲跳伞的全套流程是记录你在跳伞的全过程，出发机场、上飞机前、在飞机中，从舱门跳出的那一刻以及空中和落地，教练员都会随时录下个人状态，期间还会有个小小的采访，让自己表达一下此刻感受。视频录完我便被拉着第一个上飞机，这也就意味着我们俩将最后一个跳下。这让我有一些小窃喜，可以瞧瞧别人跳下时的样子，自己要实在不敢跳了，也有个挣扎叫喊后悔的时间不是？

跳伞的小飞机，如玩具般的“不正式”，简易到连个舱门都没有。我们紧紧抓着扶手，短暂的滑行过后就这么飞了起来。正式升空后，大家都变得很沉默，唯有在教练要拍照的时候，才勉强挤出个不太自然的笑容。有个人问：“自由落体是只有5秒钟吗？”教练回答：“大概40秒。”

什么！40秒！为什么是40秒！说好的5秒钟呢！所有人都张大了嘴，仿佛登上了贼船，眼神无奈又无助。我心中默默从1数到40，感受40秒的时间到底有多长，答案是有一个世纪那么长。而此时飞机已经到达了可以跳伞的高度。

因为和教练绑在一起，游客在前，教练在后，即使你不情愿，教练依然可以轻松地把你拱到舱门前。我们所有人都注视着第一个即将跳下去的人，就在那么一瞬间，连bye bye都没来得及说，两个人就从眼前消失了，下一人以迅雷不及掩耳之势也就这么跟着下去了。此刻我才发现，最后一个跳的感受一点都不好，不过眨眼的工夫，前面的伙伴连“啊”的一声都没有就一个个的从眼前凭空消失，这是在陆地上从未有过的感受，心里有说不出的空落落。

还没顾得内心怎么翻涌，我也被我的教练拱到了舱门前，眼下只有一片蓝天。他再次跟我重复一遍动作要领，跳下的一瞬间要双手抱拳于胸前，头部昂起紧靠着他的身体，跳下后身体打开呈“香蕉状”，妈妈呀，香蕉是什么样子啊？我脑子里一片空白。紧接着，教练让我坐在飞机边缘，双脚垂到外面，在我正要思考什么是腿、哪里是腿的时候，一股强大的力量把我带出舱外——我就这么跳了出去。

我不清楚自己跳下去的那一刻有没有尖叫，也不清楚眼睛是睁开还是闭上，但似乎翻滚的过程中看到飞机，那就说明我是睁开眼睛的吧？紧接着我们身体就变得平稳，进入了自由落体的飞行状态，令我意想不到的是，明明是在飞速下落，但竟然没有一丝不适，甚至我都感觉不到自己在下落，只是非常明确的自己在飞！我兴奋得大叫，摆着各种姿势让教练帮我拍照，那感觉无比美妙。很快降落伞打开，40秒就这么过去了，旅游局工作人员诚不我欺，真的感觉只有5秒钟哇！

接下来的时间，就是降落前的空中盘旋。这让我突然回忆起大概在十几年前，我是曾经玩过滑翔伞的，因为年代久远，我几乎都忘了自己曾经有这样的经历，也正是因为那段玩滑翔伞的经历让我稀里糊涂地成了自由撰稿人。

那时大学毕业没多久，去了家小杂志社工作，杂志中有篇广告就是介绍一家北京的滑翔伞俱乐部。去采访俱乐部老板的时候，老板很热情地让我有时间来体验，我当然也就没客气，开始混迹于俱乐部。滑翔伞这项运动即使到现在收费也不便宜，放在十几年前就更为奢侈，所以俱乐部会员多是有一定经济基础的中年男性，而我，一个20多岁的小姑娘，虽然混迹其中蹭吃蹭玩的，倒也不显得太讨厌。

那时年轻，为了这种新奇的体验，也不顾上自己一身毛病，强烈的好奇心促使我还真学了起来。不巧那时北京遭遇“非典”，即使疫情即将结束，北京依然空空荡荡，不用去上班倒是有了大把的时间去郊区学滑翔伞。如何开伞、叠伞、收伞……从小山独自飞起。也正是在此时，一位户外杂志的编辑来采访，看见人群中闹腾的我，问我能不能写篇感受的稿子，那时飞滑翔伞的女生寥寥无几，我在其中就显得很特别。我的原则从来都是“只要你豁得出去，我就敢干”，没承想竟然歪打正着地开启了我的职业撰稿人之路，我也搞不清怎么找我来写稿的人越来越多，内容涉猎也越来越广。

飞大山，我一直心之所向，那时北京最有名的滑翔伞起飞点位于十三陵水库旁的蟒山山顶，只可惜我三天打鱼两天晒网地学习（也可能是没交钱，人家也不打算好好教），独立飞大山的能力远远不足。俱乐部中一位有多年飞伞经验的好友决定带我飞一次双人伞，让我好好体验下滑翔伞的快乐。依稀记得那天天气很好，起飞后我们高度一路攀升，只听得高度表一直滴滴作响，当飞到2000米左右，脚下的山路变成蜿蜒的小线条，行驶的汽车犹如蚂蚁般迅速移动。我正低头看得起劲，突然感到一阵晕眩，我跟哥们儿说我不舒服，有点想吐，扭过脸看他，他才发现我的脸已经变得惨白，嘴唇上没有一丝血色。他连忙放弃攀升，迅速下降，对讲机里的人都在问着“你们怎么下来了？”而我在脚沾地的那一刻腿一软，一屁股坐在降落点。万万没想到，我竟然晕高了！

从此以后，我再也没有去玩过滑翔伞，甚至都忘了自己曾经和滑翔伞还有过这么一段“露水情缘”。身在澳大利亚黄金海岸空中的我，操作跳伞的动作和滑翔伞如出一辙——带飞教练把操控绳交给我，想让我体验在空中盘旋的感受。可他哪知道我晕高啊！随着记忆的找回，什么单边、双边的，我只想赶紧降落。

所有盘旋所带来的不适感，在我们轻巧落地的那个一瞬间消失，取而代之的是巨大的快感充斥着我。那种喜悦和兴奋用任何语言都不足以形容，任何能想到的词汇都显得干涸苍白与贫乏。整个上午的时间我们都在不断地回想念叨自由落体瞬间的快感，多巴胺久久不退，忍不住地哈哈大笑，仿佛自己已经征服世界一般，自信爆棚。

在前往夏威夷跳伞俱乐部的车上，在座乘客心事不一，像我这样有过一次跳伞经历的滔滔不绝地讲述着在澳洲跳伞的感受，而几位没有跳过的Shape Girl和工作人员不是听得入神、问东问西，就是沉默不语望向远方，期待与忐忑同时挂在脸上。

相较于在澳洲稀里糊涂地上了飞机，在夏威夷则更多一份严肃的仪式感。我们没有第一时间穿好装备，而是被安排在一间小放映室看安全须知的宣传片。宣传片拍得也颇有心思，先是大概讲述了跳伞这项运动的由来，听不太懂我也就看得漫不经心，画面突然一转，一个恐怖分子打扮的演员在影片中说："跳伞是一项极具危险性的极限运动，你要非常清楚，你可能在用生命换取片刻快感！"

此话一出，所有人面面相觑，我从来没有意识到，跳伞，的确是在用生命换取片刻快感。然后用极快的速度在手机上搜索"跳伞死亡率"，还好搜到的数据是十万分之一，但各种坠落事故的相关推送也随之而来。大家明显有点慌了，接着俱乐部负责人又把我们带到电子屏前，需要我们填写自己的身体状

◎在夏威夷的空中

况，以及阅读足足有17页之多的声明。密密麻麻的英文摆在眼前犹如阅读理解考试，众人纷纷挠头这是签还是不签啊？最终我们还是选择签署文件，踏上征程。

夏威夷跳伞前的准备工作和在澳洲差不多，我们都要按照套路模式拍一些诸如穿装备、留下豪言壮语的视频，在跳伞结束时会加上跳伞部分视频剪辑好一同发送给我们。这里的教练大多曾是此处游客，体验过一次跳伞后就爱上了这项运动便干脆留下来学习跳伞，考试拿到资格后以带人跳伞为生，妥妥的用爱好挣钱。我怯生生地问我的教练一天会跳多少次，大概跳了多少年？他说一天跳十几次，当教练也有六七年之久，我则默默算着365×7×10等于多少，距离十万还有多远。我对他说："在天上，我的命就交给你了。"他说："不，是我的命在你手中。"

有了上一次的经验，我主动提出要第一个跳下去，我可再也不想看大家一个个的从我眼前消失了。夏威夷跳伞俱乐部的小飞机比澳洲的"先进"一点，还有个卷帘门，让坐在门旁边的我不会被风吹得太厉害。也与澳洲不同，不再是教练手腕上绑着一个GoPro自拍，而是安排了专门摄像师为我们拍摄，也就是摄像师第一个跳下，然后紧接着我

◎冷静地看着娜仁升空，实际上在拼命忍着吐

跳，他将从第三视角拍下我在空中的整个过程。

飞机舱门打开时，我们已经飞到云层上边，脚下就是大海。几个带飞的教练和摄影师嬉笑地冲着飞机驾驶员说着脏话，大意说他又飞这么高，太坏了。准备起跳前，几位教练互相击掌欢呼后用手在胸前画了一个十字，说着一会见。这让本不算太紧张的我，反而有些害怕，感觉这些家伙每个人都非常清楚很可能这一跳就是诀别。我再次被拱到舱门前，双腿垂到门外，而摄影师则全身站在机舱外，手抠着门边。321喊完我们和摄影师同时跳下，她面朝我背对着地面，拍下我们从机舱翻滚而出的全过程。转了两圈之后，教练带着我调整好身体方向，这一次我非常清晰地知道我是全程睁开眼睛的，身体穿过云层湿乎乎的。小时候喜欢看《哆啦A梦》漫画，哆啦A梦和小伙伴们动不动就用竹蜻蜓飞到云层里，有一集甚至还在云上建了游乐园。而实际上在云中穿行，如同在浓雾中一样，眼前白茫茫一片，可视距离非常低。自由落地的时间比想象的要长，根据后来的视频掐算时间足足50多秒，想必是因为我们飞得更高的原因。风从耳边呼啸而过，我努力地做着表情管理，不能张嘴笑，否则巨大的风会把嘴唇吹开，露出全部上牙床，但从我张牙舞爪的样子可以看出我是快乐的。直到打开降落伞，我的脚下依然是海洋，好害怕就这么落入大海之中啊。

我当然没有落入大海中，只是在盘旋下降的时候遇到大风，我都不记得我是如何忍住吐的，可能是凭借着钢铁般的意志吧。全程紧闭双眼心中默念："快落地！快落地！快落

地！”再睁眼时已经接近地面，谢天谢地终于要落地了！落地后的我几乎晕到站不稳，我这前庭蜗神经实在太不争气，明明这么好玩。待我定了定神，快速走到洗手间哇哇吐了两口，倒也算痛快，没吐在人家草地上就不算丢人。

等我再次回到降落点，搭乘着娜仁托娅在内的几个Shape Girl的飞机已经离开跑道飞上天空。我仰着头等待着降落伞一个个地张开，谁是谁完全分辨不出来。不一会，有两个人首先接近地面，前面的人“唔”“哇”“嗷”的各种大叫，我听出这是娜仁托娅的声音。我跑

1 2|3

1 跳伞留念

2 娜仁托娅在空中找到了她的沉迷

3 翼装飞行的娜仁托娅

上前问她如何，她雀跃地大叫：“我觉得我要改行了！”

那时的我还没有理解娜仁托娅这句话的意思，直到夏威夷行程结束的几个月之后，她朋友圈的定位突然变成了美国加州，配着一张朝阳的照片写着“期待自己的第一跳”，我留言道，“又去跳伞了呀，瘾真大”。没想到晚上她发来的视频竟然是自己在独立跳伞！她真的跑到美国去学跳伞了！

我问她如何能做到自己毫不犹豫地越出舱门？她说：“有没有一件事情，让你想到就忍不住傻笑，讲起来的时候眼睛里会有星星？这就是跳伞之于我的感受了。我迫不及待地想投入蓝天，又怎么会犹豫呢？这一刻我期待太久了。”

如今的娜仁托娅早已取得美国USPA降落伞协会C执照，也就是超过200跳，并成为一名翼装飞行员，而在北京的我，正在筹备着新一届Shape Girl马甲线大赛的开始。

©KEVIN
LYONS

◎在夏威夷还有很多风景

大阪安家纪事

2021年6月，小乾发来一张照片，这张照片熟悉又陌生。说熟悉，是因为拍摄地点在我日本大阪家的楼下；说陌生，是因为曾经熙熙攘攘人潮涌动的公寓楼下，已变得空空荡荡。自从这场突如其来的新冠疫情暴发以来，我已经快一年半没有去过大阪，日本疫情的不断失控，让再去日本变得遥遥无期。

要介绍一下，小乾——我的房地产经纪。在他的帮助下，在大阪，我有了一个家。

《月亮和六便士》中有这样一句话："我认为有些人诞生在某地，可以说是未得其所。机缘把他们随便抛掷到一个环境中，而他们却一直思念着一处他们自己也不知道坐落在何处的故乡。在出生的地方好像是过客……而他到了另一个地方，会神秘地感觉到这儿正是自己的栖身之所，是他一直在寻找的家园。"

当然，我没那么矫情，而且我这种土生土长的胡同Girl打心眼儿里认定北京就是我的家，只是走到看到喜欢的城市，总希望能多一些归属感，于是就会多留意一下当地的房地产。比如泰国、澳洲以及夏威夷……我喜欢的地方有那么一点点多，只可惜我不是坐拥金山的富豪，看来看去、问来问去也不过是停留在"有个想法"的阶段。

因为和同事BB利用周末两天疯跑了趟贝加尔湖，让我心中暗戳戳地制定了一个"一城一周末计划"，加上经常出差让我的机票积分变得十分充盈，每到周末就惦记着跑到一个陌生的国度玩耍。既然是跑到国外，那些横跨洲际的飞行必然是不太现实，实现不了像梁朝伟一样无聊了就飞到伦敦喂鸽子的自由，目标就转向了我国周边的一些国家。

我自己也不清楚为什么这些年跑到欧洲、北美、南美以及东南亚国家，就是没想着去日本瞅瞅。唯二能和日本挨上边，一次是第一次去夏威夷，那时北京到夏威夷还没有直航，最便捷的路线就是从东京成田机场转机，在机场内逗留的2个小时算是到此一游。第二次则是去塔希提岛，因为台风最后不得不把行程调整为从日本转机。

我对日本的情感是复杂的，因为那些作为中国人永不能忘却的历史，让我对这个地方时不时地产生厌恶。但作为从小看着日本漫画、动画片和纯爱日剧长大的80后，对镜头和画面中描述的那些景象又充满着好奇和渴望。

真正决定去日本旅行，是因为在北京的时候曾经短暂教过一位日本留学生中文，留学生回国之后经常托他帮我邮购化妆品，一来二去买的东西多了，想想与其缴纳昂贵的运费让东西飞来飞去，不如我自己去日本购物好了。

说来也怪，我20多岁的时候由于急切地想离开父母独立生活，就和朋友合租了一间房子。为了节省租房的开销，我们又找到一个在中国短期学习中文的澳大利亚男孩暂居，他入住的条件之一就是帮助我们提高英文水平。由于那哥们本身有点中文基础，在和我们合租的那段期间几乎都是用中文交流，日子一长我和朋友总觉得哪里不对劲，才想起他完全没有和我们说过英文啊！于是我们很严肃地找他谈了一次话，一致决定每天必须有一段英语交流时间，方才觉得不忘初心。但每每到了英语时间，我们就“嗯”“啊”的不知道说些什么好，可能是词汇量过于贫乏，老外也觉得说英语很奇怪，于是每次都艰难地熬过英语时间，到中文时段才开始畅所欲言。结果就是我们的英文没有提高，他的中文反而突飞猛进，最后还得了某一年的“汉语桥”冠军。和那个日本小朋友也是如此，本是抱着语言交流的心态接触的，最后一句日语也没学会。

小留学生家住大阪，为了能蹭到这个免费的向导和翻译，我想都没想地自然选择先去大阪“投奔”他。作为日本第二大、关西第一大城市，人们总是喜欢拿大阪和东京进行比较，这种城市之间的比较有点像北京和上海。东京人觉得大阪脏乱差素质低，而大阪人觉得东京人假还冷漠。我特别喜欢的日剧《万福》，讲述的是发明世界上第一碗方便面的故事，生活在大阪的主人公时不时地就吐槽一下东京，而完全不懂日语的我，也能够很容易地分辨出关西口音。大阪被称作日本的“哏都”，很多搞笑艺人和喜剧演员都来自大阪，可能在日本，关西口音听起来就像中国人听天津话一样，特别哏儿。当然这种“哏儿”也仅限于大阪，关西其不过是跟着“躺枪”，京都有着古城居民的高傲、神户有着自家的时尚、奈良有着抢饼的“社会”小鹿……大阪人到底有多“哏儿”呢？在我第一次去夏威夷的时候，因为乘坐的是日本航空，飞机上日本人占大多数，下飞机后在手扶自动电梯上，你可以很容易判断哪些是日本人——日本游客都靠左边站。但这条在大阪就不适用，大阪人全都和国内一样靠右边站立。

知乎里有一个关于“住在大阪是什么感受”的问题，答主多是在长期定居在大阪或是在大阪生活过几年的人，其中一位答主关于东京人和大阪人区别的回答，我是有些认同的。他说东京人是典型的日本人形象，而大阪人则更像中国人，外向，喜欢交友。他的日本友人曾经对他说，实际上东京的本地人并不多，大多数都是周边地区到东京寻梦的“东漂”，那些人在东京这样的大城市因为内心的自卑而渴望出人头地，所以就比较爱装。红极一时的日剧《东京女子图鉴》演绎的就是来自秋田县的绫，从地方大学毕业到东京从底层工作做起，而后一步步踏入时尚行业，最终搬到最繁华的地段，连男友都是一步步地升级。而在大阪居住的多是本地人口，也就那德性了，所以干脆不装了。答主还说这段话在日本人看来算是比较失礼的，但大阪人就能够半认真半玩笑地把东京骂了顺道调侃自己，这就是大阪人招人讨厌也惹人喜欢的地方。我也曾问过小留学生明明成绩优异为什么不努力考到传说中的“东大”，他说：“没必要吧，都是大城市，在大阪还有家人，比东京舒服得多。”

BB在大阪参加马拉松比赛，边跑边有路边看热闹的大妈大爷搭话，而据说这在东京是不可能发生的，没人会搭理你。曾经看过一个日本节目，采访记者在街头用手比出手枪的姿势“biu biu”路人，其他人最多是瞟过一眼，流露出“你有病吧”的神情，多数无视而过，而只有大阪人在看到后做出中弹的动作反馈。因为我没去过东京，甚至都没打算去东京，所以具体东京人到底是什么样，也只是道听途说。值得一提的是，我所说的大阪是指大阪府的府治大阪市，都叫大阪就跟吉林省吉林市的区别一样。

大阪旧名大坂，奈良时代因为临海的地理位置成为贸易港口，后来丰臣秀吉修建大坂城，并以大坂作为丰臣政权的政治中枢。日本江户时代改名为大阪，和京都、江户并称为“三都”，是当时日本经济活动最活跃的城市。大阪自古以来都被

◎充满着烟火气的大阪

称作商人的城市，即使到现在大阪作为购物胜地的光芒也盖过其他。虽然它有大阪城历史建筑、有环球影城游乐园，但说到大阪想到的还是购物！购物！购物！

大阪主要的购物街区分别是北部的梅田、中之岛和南部的心斋桥、难波。梅田是我很喜欢但又“害怕”来的地方。喜欢是因为这里汇聚我爱逛的阪急、阪神、LUCUA、大丸、Whity、友都八喜等百货店，但梅田地下那犹如迷宫一般的交通网络，实在让人头疼，每次来这里我没有一回不迷路的。梅田地区有23栋大楼都与地下街道相连，阪急梅田站、JR大阪站、阪神梅田站和地下铁御堂筋线梅田站这四个车站也与地下通道连接，也就是说你出了地铁几乎可以到达这里的任意一座大厦，问题是地下好几层叠加，想用手机导航清楚都很不容易。

心斋桥逛起来就轻松很多了。带有拱廊设计的心斋桥筋商店街可以算得上是该地区的中心，相对于梅田的弯弯绕，这里街道横平竖直、店铺鳞次栉比的就很容易逛，据说江户时代这里就是商业街区了。道顿堀位于心斋桥的南端，是一条运河，沿河两边是著名的美食街区。大阪向来以眼花缭乱、造型夸张的广告牌著称，像蟹道乐的大螃蟹、大阪王将的大饺子、章鱼烧店的巨大章鱼等，以及最著名的人人到此必合影的格力高“跑男”大广告牌，这是只要有提到大阪就必定会给出的“标准镜头”，据说这个广告牌1935年就立在那里。平时这里就是人头攒动，等到万圣节那天更是摩肩接踵，各路“妖魔鬼怪”汇聚于此，加上大阪人的大嗓门，在心斋桥拱形顶棚的反射

1/2

1 大阪最具地标性的“跑男”广告牌

2 道顿堀各种夸张的广告招牌

下，能把人脑袋仁都给吵疼。

位于心斋桥西侧的美国村，被誉为大阪南部最富活力的街区，从20世纪70年代开始，这里就是大阪年轻人聚集的地方，而我的家，就在美国村。

我家所在的公寓算得上是美国村的地标建筑，每天无数青年在此处相约见面，夜晚又有无数青年在此醉酒倒地不起。因为周边诸多24小时便利店，晚上总是有一群群的年轻人手拿着酒瓶子坐在马路牙子上聊天，更别提那种分手痛哭大喊大叫的，说到底，各地小年轻儿的生活都是一德行。刚认识小留学生的时候，我问他的第一个问题就是“你们日本小孩儿大冬天的光着腿儿，不冷啊？”他说冷，只是学校要求必须光腿，目的是提高人民身体素质。我问会感冒吗？他说他经常感冒，感觉这身体素质也是白锻炼了。但到了大学以后，学校已经不再要求服装，他们会依然在冬天坚持衬衫外面只穿一件薄外套，戴着厚厚的围脖，手冻得冰凉。说这是大学生的基本穿法，多穿就是土。

在去日本之前，总觉得那里的街道应该是干净整洁一尘不染的，可别的地方我不知道，我家楼下反正不是。随地丢垃圾的孩子实在太多，只有在清晨街道清扫冲洗后才变得干净一会，但很快会被一拨又一拨的青年再次搞乱。公寓管理员老爷爷总是乐此不疲地用水管子冲刷着公寓门外的广场，以确保业主公共区域干净。

为什么我想在这里拥有一个家？拥有了5年旅游签证后，

我去日本变得相当频繁，有时甚至一两个月就去一次，多是去购物。为了能平衡一些旅行开支，还顺道当了兼职代购，想把吃住的钱赚回来。为什么是兼职的代购呢？因为和专业代购相比，我简直弱爆了。人家早上商店没开门就去排队等着抢购热销产品，我是必须睡饱才会磨蹭起床；人家是为了买东西连午饭都顾不上吃，我是一天三餐不落外半夜还得补点宵夜；人家三五结伴抢购物品，我是看人多就烦躁，动不动就放弃购物计划。肩不能扛，手不能提，还不愿意耽误去景点和周边城市玩耍……当大阪去得多了，受够了转不开身的狭小酒店房间，萌

◎拍这张照片时，我满脑子想的都是要在这里有个家

生了一个拥有一套房的想法，去的时候自己能住，不在的时候就当民宿出租。开民宿这件事多多少少带有一些浪漫主义色彩，就像很多人梦想着开间咖啡店、书店一样，想象着自己暮年时，笑容可掬地看着来来往往过客在我亲手打造的临时小家中停留又离开，一次又一次的开门关门声中，留下每个人的或欢笑或疲惫或放松或悲伤。

遵循着这样梦想，我期待能拥有一栋像哆啦A梦或者樱桃小丸子那样的家。那种日式传统二层小楼被称为“一户建”，但由于维护成本等原因，最终在地产经纪小乾的劝说下放弃了对一户建的选择。

找到小乾的过程有点戏剧性，甚至有点不靠谱。我是在网络上一篇日本置业帖子中要到他联系方式的，现在想来那篇文章可能是则广告，但看完确实感觉收获不少。我当然不会傻到一棵树上吊死，还同时在其他经验帖中搜到几位不同的房产经纪，我把我的预算、需求卡得很死，因为只是抱着随缘的态度，并没有完全真想买，所以不符合我苛刻要求的房子也就不在考虑之中。同时接触的经纪人有中国人、有日本人，水平参差到连介绍政策内容都会有一些出入，删掉感觉油嘴滑舌的，删掉明明不符合我要求还不断给我推荐房子的，最后留下的只有小乾一人。

我喜欢他，是因为他从不跟我说废话，超出我标准的房源一概不介绍，不投机地认为我“或许会心动”，这帮助我节省了不少判断时间和无效沟通。他做事极有条理，推荐一个房子的好处坏处，总是会123条目式列出。后来与他相熟后才知道他是工科出身，如果没有当房地产经纪，他会在日本著名化妆品企业搞产品研发工作。他说日本的工作制度是人在什么年纪就会获得什么样的职位，这让人太容易看到未来的路，他只身来到这个陌生的国度求学，目的就是为了寻找更多不确定性，与其知道自己十年二十年后什么样子，不如找些有挑战性的工作，这或许会让人生发生飞跃的可能。而且如果再继续读博在研究室里做实验，他的头发就真掉光了。

位于美国村的这间房子，对于生活需求来说，着实有点小，总共20来平方米，朋友在我家暂居的时候问我："你这是买了一个走廊吗？"即使如此，这样的蜗居对于驻足来说是绝对够用的，且地理位置绝佳，按赵本山的话说"还要啥自行车啊"！

房子仅仅是一栋房子，经由主人的打造才能让房子由物件变成带有情感寄托的家。看着房产证上历届屋主的名字，我这房子哪里是二手房，简直就是二十手房。不知道历届屋主在这里发生过什么故事，又为何放弃了它，如今这间房子辗转于我的手中，成为我人生的一部分，那么我就应该让它更加"塔塔化"。

我把房间设定为适合两人居住，主要这巴掌大的地方也确实住不下第三个人（小婴儿除外）。购买了两个水杯、两个牙缸、两双拖鞋、两只碗、两个蒲团……以想象着朋友和旅客未来会有什么样的生活需求为蓝图，由此延展开来。比如女生需

要美美地出游，除去普通穿衣镜反映穿着搭配，带灯的化妆镜更是必不可少。经常出差的我对所住酒店的镜子十分在意，尤其商务类型酒店，镜子前灯光昏暗让妆怎么化怎么丑，难得有个能把自己照美丽的，下次再来此处必定还会住在这里。又比如电视就不在我的想象之中，因为我看不懂。

小房子带有基础装修，所以我不必大动干戈地重新装修，本还想着放弃日本人对浴缸的执着，把那小到只够蹲下的浴缸拆除节省出空间，但在这语言不通的陌生城市，重新装修对我来说也近乎是个不可能完成的任务。放弃了电视，可冰箱和洗衣机不能放弃。很早前听说日本人会把自家不用的旧电器放在路边，需要的人可以自行捡走，否则处理电器垃圾需要缴纳很

◎为两人设计的小家一角

高的垃圾处理费，那些初到宝地的外国留学生对此总是津津乐道。于是我也照猫画虎地在街道上寻摸，找来找去也没有看到任何电器的影子，一时抠门病犯了，决定找家二手电器店，便宜是便宜，但人家白纸黑字地写着不保证好用，这万一坏了垃圾处理费还要自己承担，甚至比购买的价格还要高，我还是踏踏实实地买新的吧。

可能在日本像我这样的小户型非常多，所以在电器商店很容易找到适配房间的小型电器，我国国产品牌海尔因为价格优势成为我的首选，预订冰箱时是还可以自选左开门还是右开门。送货免费但是安装却要收费，心想我这动手能力，安装啥都不是问题，可销售人员却一再建议我购买安装项目，因为其中包含电器包装垃圾回收。

送货安装的全程就是大写的尴尬，送货小哥一个劲儿地和我说日语，我一再表示听不懂，但凡一对小哥说英文，他就像应激的小猫一样浑身紧张。我每每在街头用英文问路同样如此，我哪里像说英文，简直就像乱箭一样射在他们身上，问路变成了“上刑”。路人往往先是特别夸张且用力地发出“一耶”（えっ）的声音（重音在“耶”上），然后结结巴巴“啊弄，啊弄”（あのう）个不停，但他们越是夸张的肢体反应，我就越想问个不停。

去日本之前，我最担心的要数垃圾分类问题，怕不懂规矩扔错了垃圾给咱国人丢脸，但住上几天之后发现也没传说中那么严谨，可能因为这里是大阪，大阪人大喇喇的性格根本不在意这些。加之有管理员大爷帮忙进行二次分类，我只需简单分类放入垃圾间，其他则全权交给管理员，这也是住在公寓交管理费的好处之一。

当我按着对家的想象一样样地为房间添置东西的时候，也出现了超出想象的部分。例如床的宽度就匪夷所思，一个双人床的宽度没比国内单人床宽到哪里。要说睡得舒坦，还是要算荷兰。荷兰人平均身高居世界榜首，在阿姆斯特丹放眼望去感觉每个人的腿都有两米长，我试着骑了一下路边

◎在大阪我最喜欢的食堂，
由老爷爷老奶奶经营

◎在霍格沃茨大阪分院的我

的自行车脚都够不到脚蹬子，像极了小时候骑爸爸的自行车因为够不到脚蹬，只能用“掏大梁”的方法。在荷兰甚至坐在马桶上脚都挨不到地面，床自然也比其他地方长出不少，睡觉再不安分也不会滚到床边。日本一比就局促太多，因为床小，相对的床单被罩枕头的尺寸也都随之缩水。我从北京背去的床上用品一律不合适，只能又背回来二次改造。在我买下大阪房子之前，同事刚好在西班牙置办完房产，看着她不断网购物品准备背去西班牙，我还笑话她怎么什么都从中国带，没想到我也是连厕所的置物架都生生从国内扛过去。

因为楼下就有一家日本有名的本土家居店，发现缺少什么直接下楼购买，在去日本前还特意搜索并标注了家居店位置，并暗自庆幸就在家的附近，但真正到日本后才发现自己高估了日本地图的比例尺，出门10米即是。不得不再次为自己选房的位置表示赞叹，我简直太有眼光了。就这样，一个满足我对温馨小家所有想象的房子很快便被我打扮得有了模样，来此逗留过的朋友也纷纷夸赞。

如今，那个温馨的小家已经空等我快三年时间，只盼生活能尽快回归正常，彼时，欢迎大家来我的小家做客呀！